译文经典

奥瑞斯提亚
The Oresteia

Aeschylus

〔古希腊〕埃斯库罗斯 著

陈中梅 译

上海译文出版社

目 录

奥瑞斯提亚 …………………………… 001
阿伽门农 ……………………………… 006
奠酒人 ………………………………… 096
善好者 ………………………………… 160

奥瑞斯提亚

《阿伽门农》、《奠酒人》、《善好者》

故事背景

吕底亚国王唐塔洛斯有子裴洛普斯（Pelops），后者在厄利斯（位于伯罗奔尼撒西北部）的比萨（Pisa）建立王国，成为该地的国王。裴洛普斯买通厄利斯国王欧诺毛斯的驭手慕耳提洛斯，使其做下手脚，从而使裴氏在车赛中战胜欧诺毛斯，婚娶了欧氏的女儿。但裴洛普斯拒付事先定下的报酬，并把慕耳提洛斯（一说欧诺毛斯）扔下大海，被害者临死前对裴洛普斯家族发下咒言。裴洛普斯有六个儿子，其中的两个名阿特柔斯（Atreus）和苏厄斯忒斯（Thuestes）。阿特柔斯登上慕凯奈（即迈锡尼）国王的宝座，在觉察出苏氏诱奸他的妻子埃罗佩后，将其流放。以后，阿特柔斯召回兄弟，用苏厄斯忒斯之子的人肉设宴款待，引发了苏氏的诅咒，让阿氏的家族遭难。阿特柔斯有子阿伽门农和墨奈劳斯，分领阿耳戈斯和斯巴达的王权。特洛伊王子帕里斯勾引并拐走墨奈劳斯之妻海伦，阿伽门农于是统兵远征，在舰队困集奥利斯之际，听从了卡尔卡斯的卜释，（对女神阿耳忒弥斯）祭杀了女儿伊菲格妮娅。在阿耳戈斯，阿伽门农之妻克鲁泰墨斯特拉与苏厄斯忒斯之子埃吉索斯勾搭成奸，将阿伽门农之子奥瑞斯忒斯送往外地，残杀了得胜并携带特洛伊公主卡桑德拉（Kassandra）归来的联军统帅（即阿伽门农，此事荷马已有提及，参阅《奥德赛》3.256以下，4.512以下，11.439）。奥瑞斯忒斯长大成人，回国复仇，杀死母亲和奸夫埃吉索斯。奥瑞斯忒斯接受净洗，中止了这桩"传代"的血案。

剧情梗概

《阿伽门农》以哨探的"抱怨"和发现信报特洛伊已被攻陷的火光开场，由随即到来的使者证实了柴火传送的信息。阿伽门农之妻克鲁泰墨斯特拉兴高采烈，但歌队表述了对前景的不安。阿伽门农得胜还家，带着普里阿摩斯的女儿卡桑德拉；克鲁泰墨斯特拉笑脸相迎，将其接入宫房。卡桑德拉预言了阿伽门农和她自己的死难，陈述了阿特柔斯家族以往的"孽债"。克鲁泰墨斯特拉讲述残杀的经过，回答歌队（由阿耳戈斯长老组成）的责难，替自己的行为辩护。面对埃吉索斯的威胁恫吓，老者们只能忍气吞声，盼望奥瑞斯忒斯的回归。

《奠酒人》描述了奥瑞斯忒斯的复仇。奥瑞斯忒斯（受阿波罗指令）带着普拉德斯回返阿耳戈斯，在父亲的坟头献祭了一绺头发。厄勒克特拉认出兄弟的发丝和脚印，二人双双呼唤父亲的亡魂祝佑奥瑞斯忒斯报仇成功。奥瑞斯忒斯主仆乔装打扮，混入宫居，（奥氏）剑杀埃吉索斯，稍后经过一番犹豫，在普拉德斯的提醒下杀死母亲。奥瑞斯忒斯替自己的行为辩护，"眼见"复仇女神的紧逼，精神恍惚，匆匆逃离。

在《善好者》里，奥瑞斯忒斯逃至德尔菲，避难于阿波罗的神庙，后者要他前往雅典，祈求雅典娜的帮助。克鲁泰墨斯特拉唤醒庙里的复仇女神，后者一路追踪，来到雅典。复仇女神起诉奥瑞斯忒斯弑母之罪，奥氏则竭力辩驳；雅典娜及众位判官随即行使表决，"票数"惩赦持平。雅典娜宣布奥瑞斯忒斯无罪（即得以开释），并软硬兼施，抚慰愤怒的复仇女神，承诺使她们在雅典拥有永久的居地，享受市民的崇敬。善好者们（即复仇女神们）答应接受"招安"，从而以和平的方式实现了"宙斯与命运的联合"。

其 他

《奥瑞斯提亚》（*Oresteia*）是现存仅有的一部完整的古希腊三联剧，由《阿伽门农》、《奠酒人》和《善好者》组成。与之配套的萨图罗斯剧可能是《普罗丢斯》（以墨奈劳斯在回归途中与海洋长者普罗丢斯的遭遇为内容，参阅《奥德赛》4.351-570）。公元前四五八年，埃斯库罗斯以这套剧作的成功上演力拔头筹。《奥瑞斯提亚》包孕深刻和多彩的思想内容，斯温伯恩（Swinburne）誉之为"人类心智所取得的最伟大的成就"。三联剧围绕阿伽门农一家的"灾难"铺开，中心明确，立意深邃，衔接妥帖，一气呵成，尽管《善好者》的结尾部分似乎明显地流于"古为今用"，离题地赞美起雅典的辉煌（埃斯库罗斯是一位杰出的爱国者），致使喧宾夺主，暗晦了奥瑞斯忒斯的形象。

上演时间

公元前四五八年。

阿伽门农

人物

监哨
歌队（由阿耳吉维长老组成）
克鲁泰墨斯特拉
信使
阿伽门农
卡桑德拉
埃吉索斯

阿耳戈斯①，国王阿伽门农②的宫殿前。一名监哨探视宫顶。

监哨

神明，求你们释弭我的疲劳，
长年累月的探望，在阿特里德③
　的宫顶放哨，
架起弯曲的臂膀，像一条犬狗，
默记夜间的星宿，它们的征兆，

排列的星座在气空中闪耀,　　　　　　　　　　5
告示凡人夏天的酷暑,冬天的雪飘,
它们的升降、起落,犹如兴衰的王朝。
眼下,我仍在探瞧,盼见报示的火苗,
送信的光芒,在特洛伊燃烧,传送
信息:城市已被攻扫。此乃夫人的意志,　　　10
混合男子的雄心,女人的执拗。
这里是我的睡床,露水浸浇,
我睁着眼睛,心绪烦躁,
知晓恐惧站等近旁,
替代香眠,睡梦不会来到。　　　　　　　　　15
心想开口,唱一支曲调,以为
那是药物,可以清醒昏涨的头脑,
引来的却是泪水,为这个家族的不幸
哭号,不像从前那样,管理得井井有条。
期望我能解脱劳苦,就在今宵。　　　　　　　20
愿报喜的烈火在黑暗中燃烧!

　　　　　(一束突现的火光在远处闪耀)

哦,欢呼,雀跃!夜色中的火苗,像白天的
日光闪耀,致送欢乐的信使,送给阿耳戈斯
合唱,众人的舞蹈,庆贺这一喜报!

---

① 即阿耳吉维,位于伯罗奔尼撒东北部。
② 在荷马史诗里,阿伽门农是慕凯奈(即迈锡尼)国王。
③ Atreidai,"阿特柔斯的儿子们"。

25　　嗨，嗨，实在太妙！
　　　对阿伽门农的王后，我将大声喊叫，
　　　唤她起床，像似鱼跃，穿走宫居，
　　　催发欢乐的呼啸，欢迎火光，
　　　倘若伊利昂①城楼真被破捣，
30　　一如这蓬大火，不容置疑的信报。
　　　我，是的，也要荡开腿步，跳起舞蹈，
　　　因为主人的投掷，他的幸运，也是
　　　我的数儿：火光给我三个六点，真好！

　　　愿此事成真，主人回抵殿堂，让我
35　　握住心爱的大手，他的，握着晃摇。
　　　至于别的，我只能保持沉默，只因一尊
　　　壮牛坐镇舌头——这栋宫房，若能开口，
　　　会把一切诉说，清晰地言告。我的话说给
　　　能懂的人们，谁个不懂，就当我已把一切忘掉。

（监哨离场；歌队入场）

歌队

40　　这已是第十个年头，自从普里阿摩斯②
　　　强劲的对手，二位王者，
　　　墨奈劳斯③和阿伽门农，

---

① 即特洛伊，由伊洛斯创建。
② 特洛伊国王，赫克托耳的父亲。
③ 阿伽门农的兄弟，海伦的原配丈夫；在荷马史诗里，他是斯巴达国王。

阿特柔斯①的儿子，成对的英豪，
两架宝座，两支权杖，宙斯的赐物，　　　　　　　　　　45
王统的信靠，率领成千的战船征讨，
阿耳吉维的武装，勇猛的将校。
他们的战斗呼号冲出心窝，
像痛苦的飞鹰发出尖啸，
为死去的雏鸟，远离枝巢，　　　　　　　　　　　　　50
在高空打转旋摇，
扑击翅膀，痛惜
失去的幼小，它们的
后代，失去护卫的辛劳。
然而，其时却有谁个听晓，某位神明，　　　　　　　　55
阿波罗，潘神②，或是宙斯，听知这些
空中的客友，鹰鸟发出冗长的尖啸，
送出复仇③，虽说迟了，
对侵犯者进行惩报。

就这样，镇统一切的宙斯，客谊的佑保，　　　　　　　60
派遣阿特柔斯之子，对阿勒克山德④征讨。
为了一个多夫的女人⑤，
堆聚拼战的士兵，疲软他们的腿脚，

---

① 裴洛普斯之子，埃罗佩的丈夫。
② 牧守和山野之神。
③ 即复仇女神厄里纽斯（Erinues），通常以群体出现，但本行中用了单数。复仇女神的另一个称谓是欧墨尼得（Eumenides）。另见本剧第463、645 和 749 行等处。
④ 或亚历克山德罗斯，即帕里斯，普里阿摩斯之子。据希腊神话，他曾访问斯巴达，"拐走"墨奈劳斯之妻海伦，由此引发了特洛伊战争。
⑤ 指海伦。

使其膝盖跪倒，辗转
65　　尘土，在冲杀中折断枪矛——
　　　无论是达奈人①，还是特洛伊兵壮——
　　　事态正在终结，
　　　循着既定的方向滚跑。
　　　眼下，无论是畜肉的烧烤，
70　　还是清凉的眼泪，泼洒的祭祷，
　　　都不能平慰神的愤怒，顽酷的怨愤难消。

　　　然而，我们被远征的军队弃置后方，
　　　早在聚众之时，只因年事已高，
　　　苟延此地，依拄拐杖，
75　　把孩童般的力气撑靠。
　　　年轻人的精壮在心房里
　　　跳跃，伴随增长的岁数释消，
　　　战神不再把他拥抱，
　　　垂暮的晚年，树叶枯槁，
80　　走路需用三条腿脚，
　　　不比孩童强壮，
　　　像白日的梦影，至为虚缈。

（克鲁泰墨斯特拉上）

---

① 即希腊人，荷马还称之为阿开亚人和阿耳吉维人。

不过，屯达柔斯①的女儿，克鲁泰墨斯特拉②，
我们的女王，发生了什么？
你有何事说告？ 85
可是听了什么报导，
催使你令嘱此番祭犒？——
对所有的神灵，我们城市的
敬褒，高居的，低行的，
天上的，连同市场的规导， 90
他们的祭坛装盛贡品，火光闪耀。
熊熊的烈焰直指天穹，
这里，那里，都在燃烧，
顺从它的劝导，祭奠的
油脂，纯净的脂膏，那是 95
王者的封藏，从宫居的里屋取舀。
告诉我等，倘若此事不妨，
这是为何，以医治
我心中的伤恼，
时而掉入思绪的深谷，乌黑的地方， 100
时而又腾起希望，明光闪烁，
眼见纷飞的火焰，挡回绝顶的愁焦，
那份悲痛，把我的心灵磨耗。

然而，我仍谙歌唱的技巧，赞颂辉煌，　　　[前行 a
在王者行进的大道，承蒙神的恩典， 105

---
① 斯巴达国王，莱达的丈夫。
② 屯达柔斯和莱达的女儿。

奥瑞斯提亚 | 011

把曲调吹入我的心窝，那是我的
力量，与生命同在的说告：
讲说阿开亚双位的王者，共有
一个目标，统率赫拉斯①的青壮，
全副武装，扛举枪矛，
进兵丢克罗斯②的家乡，
受飞翔的鸟迹示兆，
鸟中的王者③，飞向船队的王者，
一只漆黑，另一只闪耀灰白的
银光，翱临宫殿，烁显在
握矛的右手，右手的上方，
形象清晰，所有的人们都能见到，
爪抓一只母兔，有孕，未生，肚子挺得高高，
正在最后挣扎，试图逃跑。
哦，悲歌痛苦，悲歌苦难——但愿终结将是善好。

其时，稳重的先知，我们军队的卜者，看出了 [回转 a
两种不同的思考，活现在阿特柔斯之子的心窝，
知晓食兔的雄鹰即为兵士的牧者，成对嗜战的英豪，
故而释解兆示，开口说道：
"围城的部队，随着消逝的时光，
将荡扫普里阿摩斯的城堡——
在此之前，挨着墙垣，

---

① 即希腊。
② 传说中的特洛伊国王。
③ 鹰是宙斯的属鸟，故而是鸟中之王，另参考本剧第48行以下。

命运的摧糜，以它的强暴，
会饕餮公众的牛群，尽食丰足的餐肴。 130
愿神明息怒，不致黑毁
我们的军旅，铁箍般的围包，
毁了我们，先于拿下特洛伊城堡。
圣洁的阿耳忒弥斯①怒火中烧，由怜悯催导，
怨恨父亲的属物，展翅的飞鸟， 135
暴啖未出生的雏崽，连同可怜的母亲，
那只灰兔，吓得浑身颤嗦。她感到
恶心，对飞鹰的作为，把生灵当作佳肴。"
哦，悲歌痛苦，悲歌苦难——但愿终结将是善好。

"你，漂亮的女仙，善对 [附段 140
它们的弱小，尽管兽狮凶狠，
你同情每一种兽类的幼雏，它们的
父母在荒僻的野地里行走，生性残暴。
尽管并非不无歹恶，你喜欢
它们的长相，藏隐凶迹的面貌。 145
求告派安②，医者，我对你祈祷，
别让她召聚反向的风暴，
困阻达奈舰队，致使
长期抛锚，被迫按照 150
她③的意志，奉献另一份祭牲，

---

① 宙斯和莱托之女，狩猎和自然之神。另参考《祈援女》676–677 和 1030。
② 即阿波罗，阿耳忒弥斯的兄弟，亦司医护。
③ 指阿耳忒弥斯。

叛弃圣洁、不能品尝的食肴，
它将引发家族中的恨怨，
蚀弭妻子对丈夫的尊褒。
宫居里的惊恐，蛰伏的仇恶，不会释消，
母亲的恨疾，凶险的愿望，腾升
155　难以宽容的愤怒，血报孩子的夭折。"
这便是卡尔卡斯①的预言，连同许多吉利的说告，
卜释飞鸟的踪迹，显示王家命运的朕兆——
让我们满怀同情，
悲歌痛苦，悲歌苦难——但愿终结将是善好。

160　宙斯，不管应该怎么呼叫，倘若　　　　　　[前行b
此名使他高兴，我就这样祈祷，
我愿称他宙斯，冥思
苦想，找不出更好的称告，
穷竭我的思考——只有宙斯，
165　只有他才能清扫我的心房，
驱除这堆重负和无知的干扰。

忆想他的强健，古时的霸王②，　　　　　　　[回转b
战神的体魂，骄横跋扈，
170　如今早被遗忘，不再有人说道。

---

① 征战特洛伊的希腊联军的"随军"卜者。在《伊利亚特》第一卷里，他曾卜释阿波罗怒惩联军的原因。
② 指宙斯的祖父乌拉诺斯（"天"）。

他的儿子①,继他之后,亦被镇伏,
成为古董,踪影缥缈。
欢呼宙斯的胜利,大胆开口,
此乃真理,你将不会出错。　　　　　　　　　　　175

宙斯引导凡人思考,定下这条　　　　　　[前行 c
规章:智慧来自痛苦的煎熬。
我们不能睡觉,悲苦的记忆,
点点滴滴,把睡眠驱跑;
我们苦苦挣扎,因之趋于成熟。　　　　　　　180
接受神的钟爱,略带强暴,
来自他们的辉煌,
身居令人惊畏的宝座。

那一天,统领阿开亚船队的　　　　　　　[回转 c
王者,墨奈劳斯的兄胞,
听从卜言,不曾把先知责恼,　　　　　　　　185
俯首命运的转折,逆风的吹捣。
其时,船樯停靠,粮草稀少,
阿开亚兵众被饥困在奥利斯②的
险礁,面对卡尔基斯,
在惊涛骇浪卷起的漩流中苦熬。　　　　　　190

---

① 即宙斯的父亲克罗诺斯。以宙斯为代表的俄林波斯众神战胜老一辈
的泰坦,成为主导世界的力量。古希腊神话以此象征理性战胜野蛮
(或蛮力)。
② 港口,位于波厄俄提亚沿岸。

疾风从斯特鲁蒙①刮扫，   [前行 d
使海船停泊，带来饥饿，凄楚的无聊，
港湾里军心涣散，乱七八糟，
195 船体、缆绳，全都无人照料。
随着时间的移逝，双倍的磨耗，
滞留摧打阿耳戈斯的雄心，枯萎它的花朵。
其时，顶着寒风的呼啸，
先知的声音喊出又一服
200 医治的药膏：
那番凄苦，阿耳忒弥斯的旨意②，赛比风暴，
使阿特柔斯的儿子摔掷权杖，泪水注浇。

205 其时，年长的王兄开口说告：   [回转 d
"我的命运，正反险厄，
无论是服从指令，还是
杀死女儿，家中的骄傲，
流洒处女的鲜血，溅染
210 父亲的双手，挨着祭坛放倒。
这些事情哪一件会悬离灾恼？
我怎能背弃舰队，使盟军空跑？
他们的催促，将会怒火中烧，
215 一个个脾气火爆，不惜用处女的热血——
他们也对：祭仪无情；愿一切统归佳好！"

---

① 位于色雷斯。
② 即要阿伽门农杀祭女儿伊菲格妮娅，作为致送顺风的条件。

然而，当必然①的轭架圈住他的颈脖，　　　　　[前行 e
他的心灵改变了轨导，变得渎圣、亵晦，
变得脏浊，把凶戾的意志包裹，　　　　　　　　　　　220
放纵狂莽的骁勇，没有止住的时候。
这就是心灵的病痛，凡人的所有，
粗野、强悍、残忍，悲苦的源头。
他祭献自己的骨肉，以铁石的心胸，
推涌一场战争，为了一个女人②复仇，　　　　　　　225
作为头份的祭礼，让舰队出走！

她③的求救，哭叫"父亲"的响声，　　　　　　[回转 e
连同处女的生命，其时等于空有，
对王者们的心胸，激情澎湃，只想战斗。　　　　　230
父亲做过祈祷，命令随从
将她抓住，其时缩裹在衣袍之中，
使出手臂的力量，将她高举过头，
仿佛提取一只山羊，对着祭坛的炉口，
一名卫士手拿衔嚼，插入她秀美的双唇，　　　　　235
借助硬物的抵力，它的强蛮，
封住姑娘的喊叫，
对阿特柔斯家族的诅咒。

---

① Ananke，参考《被绑的普罗米修斯》511–516。关于"必然的轭架"，参见索福克勒斯《菲洛克忒特斯》1025，欧里庇得斯《奥瑞斯忒斯》1330。另参考《被绑的普罗米修斯》第 104 行注。
② 指海伦。
③ 指阿伽门农和克鲁泰墨斯特拉的女儿伊菲格妮娅。

奥瑞斯提亚　|　017

姑娘的长裙飘落地上，　　　　　　　　　　　　[前行 f
　　　橘红色的衫袍，
240　　双眼视对每一位执祭的人们，
　　　那是恳求的箭矢，乞讨怜保，
　　　像图画一样美妙，挣扎着想把
　　　话语说告——她经常旁站
　　　父亲的饭桌，给盛宴增光，
245　　用少女纯净的歌喉，清亮的曲调，
　　　尊仰心爱的父亲，伴随他的祈祷，
　　　请求神明祝福，将第三杯奠酒泼倒①。

　　　接续的事情我不曾眼见，也不想说告。　　　　[回转 f
　　　卡尔卡斯的技艺总能兑现，不会出错。
250　　正义②斜动秤杆，以便让我们知晓，
　　　知晓智慧得之于痛苦的煎熬。将来的事情
　　　你会在发生的时候悉知，在此之前，别为它
　　　心焦：早些得知，早来的愁恼。
　　　一切将会揭晓，与明天的晨光一起来到。

　　　　　　　　　　　　　　　（克鲁泰墨斯特拉上）

255　　让诸事与好运同往，一如

---

① 此处，神明指"拯救者宙斯"（参考《奠酒人》1073，《善好者》759–760）。
② Dike，亦作"公正"、"公道"解。另参考本剧第814行注。正义是宙斯的女儿（参见《七勇攻忒拜》662，《奠酒人》949）。另参考本剧第1604行注。

她的希望,她,这片
阿庇亚①大地忠贞可靠的墙堡。

(歌队转对克鲁泰墨斯特拉)

我来了,克鲁泰墨斯特拉,敬服你的王导。
此举合宜,尊仰王者的夫人,
当君主不在,不再享领宝座。 260
可是听到什么喜讯——抑或噩耗——
讯言表述美好的希望,为此你要祭犒?
我将洗耳恭听,但不会责怪,倘若你以为沉默更好。

克鲁泰墨斯特拉

愿新的一天闪光,诚如格言所讲,
晨辉的光荣来自黑夜母亲的宫房②。 265
你将感知的喜悦超过你所设想的希望,
阿耳戈斯兵勇已攻占普里阿摩斯的城防!

歌队

你说什么?难以置信你的讲话。

克鲁泰墨斯特拉

特洛伊已在阿开亚人手中——还有什么不明白的地方?

---

① 指阿耳戈斯地区,亦可泛指伯罗奔尼撒,得名于古代医者阿庇斯(参考《祈援女》260-270)。
② 据赫西俄德的《神谱》,黎明是塞娅的女儿,但白天由黑夜生养(124)。

歌队

270　　喜悦溜进我的心房，使我泪水盈眶。

克鲁泰墨斯特拉

是的，你的眼睛表露忠诚的心肠。

歌队

然而此事确切？有何证据，你已握掌？

克鲁泰墨斯特拉

当然，我敢肯定，除非某位神明对我欺谎。

歌队

你相信梦幻，凭据它们说讲？

克鲁泰墨斯特拉

275　　我不信昏睡的头脑，接受它给的幻想。

歌队

要不就是什么好听的谣传，撑顶你的希望？

克鲁泰墨斯特拉

你把我当作小毛孩，以为我如此愚盲？

歌队

告诉我破城的时间，何时捣破城防？

克鲁泰墨斯特拉

夜里,我刚才提及的晚上,生养了这片晨光。

歌队

那是什么信使,来得此般快当? 280

克鲁泰墨斯特拉

赫法伊斯托斯疾送炽烈的火把,从伊达山上。
传连的火光,一束接着一束,燃烧的烈焰
把信息送至我的身旁。它从伊达①出发,告示莱姆诺斯②,
告示赫耳弥亚的山岬,在海岛上空闪出火花,
传示阿索斯③地方,第三个接点,宙斯神圣的悬崖, 285
烈火腾照天穹,在大海上架起拱跨的桥梁,
迸发出昌莽的力量,欢笑着奔向前方,
松木焚烧出辉煌的金色,像冉升的太阳,
将灿亮的信息送至马基斯托斯高耸的哨塔,
后者毫不懈怠,对睡眠寸步不让, 290
忠于职守,接续信报的火光,
越过欧里波斯的水流④,远远超出它的堤傍,
将腾烧的信号送至接收的哨岗,等守在墨萨庇昂⑤。
他们堆聚枝叶,点亮回复的火花,
石楠树的银灰将讯号映送给下一站的火把; 295

---

① 山脉,位于特洛伊东南。
② 海岛,位于特洛伊以西。
③ 阿索斯山脉位于色雷斯沿岸。
④ 海域,将欧波亚岛与希腊大陆分开。
⑤ 位于波厄俄提亚,与欧波亚隔海相望。

烈焰毫不示弱，而是越烧越旺，
跃过阿索波斯①的平原，像皎洁的
月亮，照射基赛荣的岩岬，
点拨另一堆枝干，延续的明光。
300　接讯的哨卫不曾怠慢，让它的光照伸向远方，
点亮柴堆，比令嘱的还要凶蛮，
灼光跨越戈耳工波斯②水面，
触击埃吉普兰克托斯③的壁梁，吹点另一蓬
红火，使信报不灭，循走环连的方向，
305　让接续的双手送出又一场火的阳刚，
不知吝啬的力量，像腾飞的须卷，扫过
突展的岬角，俯视萨罗尼卡海湾的波浪。
炽烈的闪光猛冲向前，扑临我们的城邦，
挨着它的哨点，落示阿拉克诺斯的峰岗④，
310　让我们接着，在阿特里德的宫房，
伊达的火种，一站一站传至接讯的地方。
这些便是我的信使，照我的安排接送火把，
一个紧接一个，把全程跑完——
胜利属于第一个火种和最后熄灭的火光。
315　这便是证据，我的迹示，已对你说讲，
夫君从特洛伊送出的信使我已收记在心上。

---

① 河流，流经波厄俄提亚平原。
② 戈耳工波斯意为"戈耳工脸面（的）"；戈耳工是希腊神话中的蛇发魔怪（参考《被绑的普罗米修斯》第799行注）。
③ 埃吉普兰克托斯意为"山羊漫走的（地方）"。上述两处地名所指不明（一说埃吉普兰克托斯即为埃吉那岛）。
④ 在阿耳戈斯城附近。

歌队
　　我将对神明谢祷,夫人,马上做到,
　　但我仍想听悉你的说告,驱除所有的
　　困扰,求你再说一遍,让我知晓。

克鲁泰墨斯特拉
　　今天,是的,特洛伊已被阿开亚人攻捣, 320
　　城里的喧杂不会混合,我想,人们的呼啸。
　　匀和醋与生油,在同一个缸碗,绝难办到,
　　你会说它们不是朋友,定会争吵。
　　同样,那里的噪声,征服者的呼喊,被征服者的
　　哭啸,就像二者的命运,分道扬镳。 325
　　特洛伊人扑向尸躯,将死难的丈夫、兄弟
　　紧抱;孩子们搂住年迈的长者,生养他们的
　　父母,悲哭最亲的人们,已经
　　躺倒,用张开的双唇,不能再为自由喊叫。
　　经过半夜的拼搏,阿开亚人身心疲劳, 330
　　畅开胃壑,坐下吃喝全城仅剩的食肴,
　　狼吞虎咽,粗手大脚,不按编制、顺序,
　　而是各行其是,抓循机缘的骰导,
　　眼下在特洛伊的家居息躺,已被
　　他们破捣,避开露天,不受霜冻 335
　　和露水的侵扰,不设岗哨,
　　整夜酣睡,欣享它的美妙。
　　倘若敬畏神明,他们拥有那座城堡,
　　敬待被攻占的大地,上面所有神圣的龛庙,

340 　　他们，征夺者，或许可避免被征夺的伤恼。
　　愿他们不被激情掳绞，贪得无厌，
　　蹂躏不该蹂躏的事物，滥施强暴。
　　他们还有一半路程要走，回家，寻觅安全的
　　归航；还得绕过标杆，跑完双向的赛道。
345 　　然而，即使回抵家园，不曾渎犯神保，
　　那些被杀的人们，他们的恶怒不会睡觉。
　　哦，但愿新的罪过不会临落！
　　这便是我，只是一个女人的说告。
　　愿佳好获胜，清清楚楚，让人们看到。
350 　　尽管福佑颇多，我最想挑占这点吉好。

歌队

　　像一位谨慎的男子，夫人，你说讲聪慧的言告。
　　我已听知你给的证据，心里有底，
　　打算用合宜的祷言感谢我们的神保；
　　此番喜悦足以抵消付出的辛劳。
355 　　哦，王者宙斯，还有敬爱的黑夜，
　　你给我们光荣，巨大的荣耀，
　　你投撒密织的罗网，拢住特洛伊的楼堡，
　　使人们无法跳出，无论精壮，还是年少，
　　休想挣脱它的奴缚，
360 　　巨大的网套，
　　避离笼罩一切的灾恼。
　　强有力的宙斯，客谊的护佑，我惊慕你的
　　扫描，弯张硬弓，让阿勒克山德付出偿报——

那是年复一年的盯视,使射出的
利箭精中目标,既不短缺,　　　　　　　　　　　365
也不过猛,飞出星座的轨道。

此乃宙斯的重击,人们会说,　　　　　　[前行 a
如此清晰,你可以追找。
他定下决心,便会做到。
有人以为,神明不会惩罚,　　　　　　　　　　370
对凡人的胡闹,把圣洁典雅的
事物踩倒。此人真是大错特错。
对放胆的行为,且看诅咒的显兆,
把回偿索讨,　　　　　　　　　　　　　　　375
从那些房居,催生无边的高傲,
难以承消。让财富不再
伴随眼泪,让明智的
人们知足常乐,
拥享适度的所获。　　　　　　　　　　　　　380
世上不存在财富的铠服,
替他挡开毁灭的痛苦,
鄙弃强有力的坛座,
把正义撇出视野,不屑一顾。
此君已被制伏,受任性的劝说[①]驱怂,　　[回转 a　385
她惯于支配,设导者毁灭[②]的女姣——

---

① 一说为阿芙罗底忒的女儿。另见《祈援女》1039,《善好者》885。
② Ate,赫西俄德称之为争斗(Eris)的女儿(《神谱》230)。在《阿伽门农》里,ate 出现达十五次之多(其含义应视上下文而定)。

其时，药石无救，等于空有，此君的错恶
不再积郁，而是邪火崩发，毒光闪烁。
390　　像一块廉价的青铜①，
　　　　被试金的砺石磨磋，显出
　　　　内在的粗劣，乌黑的颜色；
　　　　同样，此君在试练中失落，
　　　　像一个孩童，企图逮住飞鸟，
395　　玷污他的城市，去除不掉。
　　　　没有哪一位神明会倾听他的祈祷，
　　　　对他的胡作非为，惩击他的恶错，
　　　　他们动手摧捣。
　　　　瞧瞧帕里斯②，他的过错，
400　　造访阿特柔斯之子的宫居，
　　　　把女人拐跑，致送羞辱，
　　　　给主客的友谊，迎庆的台桌。

　　　　然而，她留下盾牌的撞响，　　　　　　　　　　[前行 b
　　　　给自己的胞族，留下铠甲、枪矛
405　　和战船的征夺，
　　　　带给伊利昂毁灭，作为嫁妆，
　　　　用碎巧的脚步穿走门道——
　　　　此番放胆的作为谁能超过？
　　　　宫居的先知们痛哭号啕，开口说告：
410　　苦哇，悲痛，为房室，家居，宫里的王子！

---

① 铜铅合金，用久了会呈黑色。
② 即阿勒克山德（见本剧61）。

悲哉，为这张床铺，爱的印迹，他们的谐好！
他静坐不语，忍受屈辱，不称仇报，
心情沮丧，忧悒，我们知晓，
想念妻子，远在大海的尽头，
只见王后的身影在房居里缥缈。 　　　　　　　　　　415
她的塑像楚楚动人，其时
给夫君带来苦恼，
眼神空茫，爱的
光彩已不再闪烁。

梦中的显现使他痛苦， 　　　　　　　　　　[回转 b　420
虚幻的情景给他带来
欢乐，实则无用。
此乃空虚，幻见她的绚美，
但梦象滑出臂膀，不再反复，
展开翅膀，逃之夭夭， 　　　　　　　　　　425
循着睡眠的小路。
这就是痛楚，属于那座家居，贴着火炉，
但还有更大的凄苦，比它凶猛，
在整个希腊，那些集队征战的人们，
捎回碎心的痛疾， 　　　　　　　　　　　　430
给各自的门户。
揪心的事儿何其多也，不一而足。
他们送出熟知的家人，
但回返的不是活着的
小伙，而是瓮罐， 　　　　　　　　　　　　435

装着骨灰。

    阿瑞斯用尸躯换取金条，   [前行 c

把住均衡的势态，争战的枪矛，

440 给他们的心爱，从伊利昂

送回火焚的遗骨，沉重、潜满，

被痛苦的泪水滴浇，

精心装填的瓮罐，里面的灰粉，

是过去的活人，已被碎捣。

445 他们流着眼泪，哭着赞襃：

这位知晓攻杀的技巧，那位

如何勇敢，奋战疆场，死得崇高

——为了别个的女人不顾死活。

就这样，他们私下里抱怨，嘀嘀咕咕，

450 愤怒的情绪受悲苦驱怂，偷偷地滋生、

蔓卷，对阿特柔斯之子，首领，我们的倡导。

傍绕伊利昂的墙脚，

年轻人的俊美，风华正茂，

在那里躺倒，埋入坟冢，

在异邦的土地，

455 受他们憎恨，曾被他们征剿。

    民众的声音藏裹危险，表露愤恼，   [回转 c

他们的诅咒必会得获现报。

阴罩的夜色里潜伏恐慌，

460 可怕的事情将会让我听晓。

神明不会视而不见，予以放过，
谁个屠杀人命，杀人甚多。
乌黑的复仇蹑随其人，
幸运、富有，蔑视正义的制导，
转向他的生活，丢人 465
混沌的绝望之中——一旦身临其境，
他将痛失所有，再无什么可以补救。
滥逾的光荣便是苦痛，
须知神的炸雷，
爆裂在高耸的险峰。 470
哦，别让我邪富，遭人忌妒，
别让我劫扫城市，
也别让我遭受掠夺，
服从他人的权威，面对那样的生活！

（歌队成员分别诵说）

长老甲

传来的信息，通过火花闪耀， ［附段 475
迅速铺开，在我们的城堡。
是真，是假，抑或是神的骗哄——谁个知晓？

长老乙

我们中谁会那样幼稚，那样
没有头脑，让自己的心胸 480
被火把传送的信息烧烤——

一旦传言变了,又会感到沮躁?

长老丙
像一个女人,过早兴奋,
而事情的真相尚未揭晓。

长老丁
485　她们容易轻信,过快接受,
但马上变掉;女人的声音
播送传谣,很快失消。

歌队领队
这些个火把,闪现的含义,我们马上
490　即会知晓,递连的火堆,熊熊燃烧。
它们许是真的,但也可能只是梦兆,
这里的晨光让人喜悦,会错迷我们的心窍。
看哪,我已眼见一位信使,从海滩跑来,
手握橄榄枝条,掩罩他的面貌,腿脚上
495　干燥的尘土,淤泥的姐妹,清楚地对我说道,
他将开口表述,不再是无言的火苗,
燃烧的树段,在山上伐倒,用烟迹表示信号:
他将直言相告,是让我们高兴跳跃,
还是——我不敢述说相反的情况。
500　事情看来不错,但愿有更多的佳好。

一位长老
若有谁个祈祷,让吉善以外的事情临落城堡——

愿他,为自己的念头,丰收罪恶的硕果!

(信使上)

信使

哦,欢啸!阿耳戈斯大地,祖宗的泥土,伴随
今天的快乐,我回到你的身边,在第十个年头!
所有的希望都被撞破,只有这个让我眼见成功。 505
我从不敢梦想,梦想死在阿耳戈斯,在此埋葬,
受到礼遇,让这片我所钟爱的国土裹身。
欢呼阿耳吉维大地,它的阳光,欢呼宙斯,
它的最崇高的制导,欢呼普希亚王者①,
愿你不再泼射箭雨,对我们开弓。 510
在斯卡曼德罗斯②的岸旁,我们尝领你的仇恨,
如今改变心态,好吗,哦,王者阿波罗,
作为我们的护保,医治我们的伤痛。
我敬呼这里的神明,市场的制统,一个也不错过,
我呼唤赫耳墨斯,敬爱的使者,我的助佑, 515
受到所有信使的尊崇,连同你们,英雄③,催励我们
　前冲:
让他们回返,战火中的余生,以你们的宽厚——
　此乃我的祈诵!
哦,王者的房宫,敬爱的遮顶,神圣的椅座,

---

① 即阿波罗。
② 河流,在特洛伊平原。
③ 指死去的勇士们。古希腊人相信,已故的英雄们会助佑今人的抗争。

　　　　来吧，神明，你们面对阳光普照：愿你们的
520　　　眼睛，倘若从前做过，今天也看顾
　　　　我们的王尊，在这漫漫的长年之后。
　　　　给幽黑中的你们带来光明，给所有集聚此地的
　　　　人们——他已回返，我们的王者，阿伽门农！
　　　　欢呼他的回归，用对王者的礼仪，他有资格领受。
525　　　是他将伊利昂刨倒，用惩击者宙斯的镢头，
　　　　把那方泥土犁平，整个儿翻过。
　　　　他们的祭坛已被打掉，连同所有的神庙，
　　　　国土的种子已被碾成粉末。
　　　　他把痛苦的轭架套上伊利昂的颈脖，
530　　　如今凯旋，阿特柔斯的长子，幸运的杰佼，
　　　　比所有的活人都更配领享荣耀：
　　　　帕里斯不能夸口，还有帮伙的城堡，
　　　　告称他们的所做超过得获的惩报。
　　　　为受过证判的偷盗，那次劫抢，
535　　　他痛失掳掠的所获，荡扫祖辈的
　　　　房宫，平毁它的基座。为他们的
　　　　错恶，普里阿摩斯的儿子付出双倍的赎报。

歌队

　　　　欢迎你，信使，从阿开亚营伍来到！

信使

　　　　我高兴，欢笑，不再央求神明，让我一死百了。

歌队

思乡的热情如此奔放,使你难熬? 540

信使

可不,高兴的泪花已噙湿我的眼窝。

歌队

那是一种疾病,把你逮住,它给人快乐。

信使

此话怎讲?告诉我,别让我糊涂。

歌队

沉湎的盼想,想念回报你的挚爱的人们。

信使

你是说,二者互相思念,国家和军伍? 545

歌队

是的,我常常叹息,从心灵深处。

信使

哪来的忧郁,悒闷折磨你的心胸?

歌队

长年累月,我只靠沉默避免灾冲。

信使

为何？你怕谁个，当王者不在家中？

歌队

550　　怕得要命，如你所说，还不如死去轻松。

信使

我们干得很好，结局不错。我们的命运，
伴随冗长的时光，一部分可以，你能这样评说，
但另一部分很糟糕。除了神明，
谁能一辈子幸运，不受痛苦的煎熬？
555　　倘若让我讲说，告诉你我们的辛劳，
夹挤的船舱，甲板的拥促，肮脏的床铺，
哪一样不能抱怨，在营伍中生活？
及至登陆，我们的苦楚更多，
贴着墙垣睡躺，挨着敌人的城堡，
560　　露水从天上飘来，从泽地袭扫，
湿透我们的衣服，使头发的根丛里虫虱爬跑。
倘若让我诉说冬天的严寒，它能杀死飞鸟，
冻得无法忍受，来自伊达的雪飘；
夏天，酷暑难熬，在懒洋洋的中午，
565　　风平浪静，大海昏沉，只想睡觉——
然而，为何哭号？那段时光已经逝消，
对我们，也对他们，死了，再也无须
爬起，做点什么，在阳间重走一遭。
是的，我们活着，为何清点死者？

为何伤心，悲哭命运的险厄——可有这个必要？ 570
我要高呼别了，长别我们的灾恼，
对于我们，阿耳吉维武装的幸存，
获取更多，损失不曾把秤杆的那头压倒。
所以，我们有这个资格，开口炫耀，
迎着太阳，让声音飞过大海，在陆地迅跑： 575
"从前，阿耳吉维军队曾经拿下特洛伊城防，
在神的家居，他们住在赫拉斯地方，
钉挂战争的利获，记载过去的荣光。"
听知此事的人们，不管谁个，会开口赞褒，
颂扬我们的城市，军队的帅导，颂扬宙斯的 580
恩宠，分享英雄的光荣，使这一切做到。
此乃我的叙述，已经说告。

歌队

我该认错，你的话表明我要改过。
学习使老迈者年轻，总有收获。
然而，此事先应让克鲁泰墨斯特拉知晓，因为事关 585
她的家族，与此同时，亦能丰富我的生活。

（克鲁泰墨斯特拉在侍女的陪同下上）

克鲁泰墨斯特拉

此番喜悦，我早已表述，高声呼叫，
当第一支火把闪送信息，在夜间来到，
告说伊利昂已被攻占，已被摧捣。

|590| 但是,当时有人对我讥笑,说是"你就
那样信服火把,以为特洛伊已被攻破?
女人啊女人,你的心灵可真容易点拨"。
男人们这样说告,以为我精神恍惚。
然而,我还是嘱办祭奠,唤起女人的尖啸,
|595| 一处接着一处,欢呼的声音响彻城堡,
回荡在神的家庙,我们增聚和
静息芬芳的柴火,化毕祭肴。

所以,你何必从头至尾,啰啰唆唆?
我的夫王会亲口说讲,告我事情的经过。
|600| 现在,我要赶快行动,准备迎接
尊贵的夫君回宫——还有什么佳景
比这更能甜迷女人的眼神:打开房门,
迎接丈夫,感谢神的照应,让他凯旋
回家,一个活人?去吧,告诉我们的国王,
|605| 赶快回来,回返盼想他的城邦,
愿他眼见一位妻子,守住空房,
无限忠诚,像他出走时一样,一条看家的
犬狗,凶暴他的敌人,只对他温良,
这么个女人,多年来没有变化,
|610| 不曾破毁封条,一切照常。
我不知与别的男人寻欢,也不知有流言蜚语,
羞辱中伤,一如不知着色青铜,应该怎样。

(克鲁泰墨斯特拉下)

信使

此番阔论,真实、确切的言告,
符合一位出身高贵的夫人,她的探讨。

歌队

这是她的诉说,要你知晓,对阐释的 615
人们,头脑清楚,这些个措辞听来美妙。
告诉我,信使,墨奈劳斯①的下落,
这位国人钟爱的王者,是否活着,
远航归来,和你一起回返家中?

信使

我不能撒谎,让朋友当真, 620
听后高兴,长期不忘,喜在心胸。

歌队

难道不能讲说真事,同时又是好事?
掩饰不易,当真、好分离,互不通融。

信使

他走了,人船不见,远离阿开亚
兵众;我讲真话,不用谎言欺哄。 625

---

① 阿伽门农的兄弟。

歌队

可是在你们眼见他撤兵,离开伊利昂之后?
抑或,风暴袭击双方,把他卷走?

信使

你的话击中目标,像一位熟练的弓手,
把冗长的故事,那份痛苦概括清楚。

歌队

630　可有来自其他船员的消息,他们的
传说——说他死了,还是活着?

信使

无人知晓,谁也无法确切说告,
除了太阳,滋养世间的人生万物。

歌队

讲说那场风暴,卷来神的愤恼,
635　冲打我们的舰队,此事如何结了?

信使

不宜玷晦大喜的日子,把凶邪的往事说道,
须知二分的神明,接受不同的祭犒。
当一位信使走来,板着哭丧的面貌,
告说一则消息,城邦最不愿听到,
640　关于军队的毁灭,双重的悲痛,

给城市带来噩耗,报知许多家庭的壮丁已被杀倒,
被阿瑞斯①的心爱、成对的鞭子
抽出双份的灾扰,血痕两条——
这位信使,我说,带来如此痛切的哀恼,
应宜唱响颂歌②,让复仇女神欢笑。 645
然而,捎回佳好的信息,拯救我们的
希望,对兴高采烈的城市,欢天喜地,
我怎能以坏掺好,讲说阿开亚人的
不幸,神的愤怒致送的风暴?
火与大海,势不两立,古来的敌仇, 650
结成联盟,发誓合伙动手,
摧毁不幸的阿耳吉维军队的船舟。
那天深夜,大海卷起死亡的浪头,致使
船船抵撞,被袭自色雷斯的狂风③狠揍,
听凭凶蛮的风暴伤刮,激冲,顶着 655
瓢泼大雨,我们的船队摸黑行走,
被邪恶的牧者疯转,搅得稀里糊涂。
当太阳的光辉送来拂晓,
幸存者眼见爱琴海里尸躯浮漂,
死去的阿开亚壮勇,连同木船破碎的板条。 660
至于我们,还有我们的海船,主体未被捣破,
某位神明,不是凡人,把我们"偷盗",
或是请求赦免,为我们掌舵,

---

① 战神。
② 比较《波斯人》393,但颂歌(paian)一般不对复仇女神唱响。
③ 即北风。

奥瑞斯提亚 | 039

　　　　救助的命运之神决意在舱板蹲坐，
665　　使海船既不在汹涌的浪尖抛锚，
　　　　也不抵撞石块，碰砸岸礁。
　　　　当我们从深海死里逃生，面对苍白的曙光，
　　　　简直难以置信竟能走运，居然
　　　　活着，悲忆晚上的遭遇，舰队的窘况，
670　　四分五裂，在风暴中破落。
　　　　眼下，倘若那里还有人侥幸活着，他们会
　　　　开口说告——为何不能？——谈谈我们已烟散
　　　　云消，正如我等担心他们，以同样的路套。
　　　　愿一切最终佳好。至于墨奈劳斯，
675　　倘若那边有人回来，愿他最快、最早。
　　　　要是他还没走，被阳光照到，活着，
　　　　眼光闪烁，受宙斯护保，
　　　　大神还不想灭绝我们，连根拔掉，
　　　　那么就有希望，他能回返自家的炉灶。
680　　你已听过这些，相信我，此乃真实的言告。

　　　　　　　　　　　　　　　　　　（信使下）

歌队

　　　　谁给你起的名字，如此　　　　　　[前行 a
　　　　贴切，一点不错？
　　　　难道不是某种神力，
　　　　眼睛不能看到，引导他的
685　　舌头，规划命运的显兆，

把你称作血的新娘，嫁随枪矛——
海伦[①]，渊薮，引发夺命的争吵？
名字起得真妙，
沦落，对海船、士兵、城堡，
从精巧的闺房，轻缦垂飘， 690
她船渡汪洋，迎对大地生养的
泽夫罗斯[②]的呼啸，
招来追赶的兵勇，队伍浩荡，
搜捕的猎人，循觅桨划的踪影，渐已逝消， 695
紧盯逃遁的猎物，后者隐驻海船，
在西摩伊斯[③]的沙滩，芦苇丛中——
一场恶战，热血注浇。

在伊利昂的厅座，　　　　　　　　　　［回转 a
这个名字把蕴涵显告， 700
愤怒将婚姻
解作悲悼：为客谊的台桌，
蒙受耻辱，为宙斯，炉坛的护保，
仇惩临落他们，后者唱响赞歌，
颂褒新娘，嗓门过高， 705
新郎的亲眷，受命运安排，
引吭庆娶的曲调。

---

① 宙斯与屯达柔斯之妻莱达的女儿，克鲁泰墨斯特拉的同母异父姐妹。埃斯库罗斯对"海伦"(Helen)的解释许是出于想象，并无词源学上的依据。
② 北风。
③ 特洛伊平原上的另一条河流。

然而，颂歌的音响变走样儿，
710　普里阿摩斯古老的城市
痛哭流涕，高声尖啸，
呼称帕里斯"与罪恶睡觉"。
为此，城邦遭受痛苦，
变得凋敝，萧条，
715　泪血模糊，为死难的儿子们哭悼。

从前，有人将狮崽养在家中，　　　　　　［前行 b
从它母亲的腹边抢走，
小东西仍然嗜望奶香，吮咬乳头。
720　在生命的幼年，刚刚起步，
幼狮温良，与儿童戏耍，
让老年人欢乐，不再发愁。
它息躺怀中，日常的享受，
足领主人的溺爱，像对新生的孩童，
725　眼睛闪亮，跟随饲喂的双手，
出于饥肠的逼迫，悦媚主人的心胸。

然而，兽狮长大，随着时间的消磨，　　　［回转 b
显示血的本性，得之于父母，
宴报养育的恩典，大开杀戒，
730　用成群的肥羊，它们的嫩肉，
无须告嘱，什么都做，
使家院里血流成河——
房主无以应对，心痛万分，

眼见尽情的屠杀,偌大的规模。
这位祭司,在家里养大, 735
受到神明的祝福,祀掌横祸①。

早先,一股精气(此乃我的称呼) [前行 c
临抵特洛伊城头,
静谧、平滑、漂亮,
财富的点缀,不带风吹草动, 740
双眼温情脉脉,送出柔软的光束,
碎撩人的心房,绽开爱的花朵。
其后,她转变行动的轨道,
把婚姻终止为灾恼, 745
闪击普里阿摩斯的儿子,
以她的亲近,相处的和好。
宙斯,客主之谊的护保,
送来复仇,让新娘哭号。

有句格言几乎与生活 [回转 c 750
一样古老:人的财产,
增至极点的暴富,
会生养子嗣,不会绝后。
前辈的荣华埋伏痛苦的 755
种子,无边的忧愁。
不过,我有自己的想法,

---

① ate,见本剧第 386 行注。

奥瑞斯提亚 | 043

与众不同：只有邪恶的行为
　　　产生邪恶，跟走后头，
760　新的罪恶，旧有的面孔。
　　　正直的人们，他们的家庭，
　　　养育鲜活、幸福的后人。

　　　然而，旧时的狂傲①　　　　　　　　　　［前行 d
　　　会抓住邪恶的人们，
765　催产狂傲，新的种苗，
　　　或迟，或早，在生养的
　　　时候，注定难逃，引出
　　　那个精灵，不能抵御，休想赶跑，
　　　乌黑的毁灭，渎圣的恣傲，
770　踏着祖辈的脚印，在他们的
　　　房居，以同样的面貌。

　　　正义光照廉朴的家庭，　　　　　　　　［回转 d
　　　它的烟囱，
775　让刚直的人们接受福保。
　　　她离弃黄金装饰的阔府，
　　　里面的人们双手玷污，
　　　眼光投向纯洁的心灵，讨厌
　　　财富的力量，被恭维

---

① Hubris，"骄横"、"狂蛮"，一种会导致严重后果，包括毁灭（ate）的过错。另参阅《被绑的普罗米修斯》82—84，《波斯人》820—822，以及《祈援女》里达奈俄斯的女儿们对堂兄弟们的指责。

盖上虚假的印戳。 780
她把一切导向既定的归宿。

(阿伽门农携卡桑德拉,乘马车上)

欢呼,我的国王,阿特柔斯的
后代,特洛伊的克捣!
我该怎样欢叫,我该怎样 785
敬誉,既不过低,也不过高,
给你适宜于今时的尊褒?
许多人轻视实际,崇尚虚荣,
因之破践正义,她的规导。
倘若有人不幸,大家都会难过, 790
但悲痛的锯齿
不会真把心灵锉咬;
对别人的喜悦,同样,他们会
佯装高兴,硬挤出几分欢笑。
然而,对有经验的牧者,熟知羊儿, 795
凡人的眼睛不能把他骗过,
谁个貌似忠心,实则用
掺水的友谊,虚假的谄媚不会成功。

过去,当你领兵出发,
为了海伦——我说实话—— 800
你在我眼里,那幅画像实在糟糕,
以为你心智有病,偏离了轨道,

奥瑞斯提亚 | 045

用活人祭祀，让兵勇死亡，
　　夺回那个冤家，那份苦恼。

805　然而，现在，我要让声音发自心窝，
　　发自底层，不是浅表，对你欢啸：我们赢了，
　　打过那场苦战，胜利偿付我们的辛劳！
　　查询你的市民，你会及时知晓，
　　哪些个歹恶，哪些个
810　公正，协助城堡。

阿伽门农

　　首先，我要致意阿耳戈斯，此举恰当，
　　致意神明，住在这个地方，
　　与我合作，让我还家，助我复仇，
　　凭恃正义：摧毁普里阿摩斯的城邦。
815　将凡人的争辩，他们搁置一旁，没有表示
　　异议的声响，神明把掷块投入血的坛缸，
　　特洛伊必须消失，军民都将死亡，
　　只有希望的手臂空悬，不表意向，空悬对面的坛缸。
　　烟云仍在宣告城市的破亡，毁灭的劲风还在吹拂，
820　透烧的灰烬奄奄一息，吐喘出财富的浊香。
　　庆贺胜利，我们重谢神明，永记
　　他们的帮赞：我们设置围城的陷阱，
　　一张愤怒的罗网，为一个女人的迷离，
　　阿耳戈斯的野兽①毁捣城邦，木马的儿郎，

---

① 即著名的"特洛伊木马"。

披甲的兵壮,挺举盾牌,冲扑跳跃, 825
当着普利阿德斯①消隐的时光。
越过高耸的堞墙,凶蛮、贪婪的狮子
满足饥渴的欲望,吞咽王子的血浆。
此番话敬献神明,虽说冗长,聊为开场。

(克鲁泰墨斯特拉领侍女上)

至于你的看法,我已听过,记在心上, 830
同意你的见解,我想,表示赞赏。
这样的凡人稀少,本性使他赞扬,
羡慕朋友的昌福,全无妒忌的心肠,
那是心灵的毒药,邪恶的痛伤,
倍增已有的凄苦,此君的愁殃: 835
原本已被不幸的重负压得步履踉跄,
其时忌慕别人的幸运,恨恼他的荣光。
我有这样的经历,留下清晰的印象,
伙伴的相处是面镜子,照出虚影的摇晃,
伪装的朋友看来似乎满怀虔诚的愿望。 840
只有他,俄底修斯②,虽说违心背意,勉强出航,
但一经套入轭架便从不惜力,拉拽在我的身旁。
不管是死是活,这一点我要记在他的名下。

其他事宜,关于神明,这座城邦,

---

① 星座。
② 荷马史诗里的英雄(《奥德赛》的主角),伊萨卡国王。

奥瑞斯提亚 | 047

845 我们要举行集会,让全体公民参加,
仔细商量。对于好的、行之有效的规章,
我们要予以支持,使其日久天长;
但对于病症,需要医治,我们必须开出药方,
或施烙灼,或用刀挖,用可行的办法,
850 全力以赴,根治它的疾瘴。

现在,我要回家,前往国王的宫房,
里面的炉坛,先去致意神明,
他们送我出征,把我带回家乡。
我已战胜,愿胜利永远伴我前往。

克鲁泰墨斯特拉

855 阿耳戈斯的乡亲,长老们,聚集在这个地方,
我不会脸红,告诉你们我爱丈夫,当众说讲,
时间带走羞涩,是的,
此乃人生的规章。
我要自述的苦楚,我的,无须听人说讲,
860 这些个常年,此人在伊利昂城下驻扎。
这是邪恶,极其可怕,让一位妻子
独守空房,形影孤单,没有男人陪伴,
听闻传言,频频说响,信使
送来噩耗,这个刚走,那个又来,
865 在房屋里把更坏的信息
传扬。阿伽门农无数次受伤,
倘若听信他们的话语,传至我的宫房,

那么他身上的窟窿将赛比捕鱼的线网。
倘若真的死了,一次一次,像传报的那样,
那么他一定是格鲁昂①转世,三个身段, 870
炫耀他有三件泥土的袍衫,十分宽敞,
每死一次只是用去一件衣裳。
耳闻此类传说,焦炙我的心房,
被下人一次次摁倒,从悬挂的 875
高处解下:我已用绳圈抶住脖颈。
为此,我俩的儿子,并蓄你我的钟爱,在他身上,
奥瑞斯忒斯本该在此,今天不在我们身旁。
然而,这不奇怪:他在盟友家里,由我们
信靠的福基斯②的斯特罗菲俄斯看养, 880
后者给我两条理由,说明危险的情况,
一是你的处境,伊利昂城下的生死存亡,
二是这边,民众的骚乱、造反,
可能把议会抛挤一旁——出于人的本性,
对躺倒的斗士,他们会蹬踩一番。 885
此乃我的辩解,没有虚假的掺杂。
对于我,泪珠的泉水已不再喷涌,
眼中不存一点一滴,已经枯槁。
漫漫长夜,我睁大发痛的眼睛盯瞧,
哭对那些柴火,为你准备,但很久以来 890
从无用过。我的梦幻甚至经不起小虫的干扰,

---

① 在古希腊神话里,格鲁昂是大地西边一个偏僻地带的统治者,有三个身子,他的恶狗长着两个脑袋,被赫拉克勒斯斩杀。
② 位于希腊中部。

每每惊醒，被微弱的声音，传自菲薄的翅膀，
梦见你的身影，在剧烈的痛苦中煎熬，
如此深重的灾难，使我入睡的时间无法概括。
895 现在，熬过这些苦痛，我的心灵不再焦怅，
我欢呼此人，他是一条牧狗，守护圈栏，
是前顶的支索，使海船平安，是基座坚实的
长柱，擎举房梁，是唯一的儿子，父亲的心肝，
是船员眼中的大地，当所有的希望全都泡汤，
900 是黑夜和风暴之后最为绚丽的曙光，
是潺潺的流水，使口干舌燥的路人心花怒放——
哦，香甜的美事，挣脱需求的每一道捆绑！

此乃我的致辞，心想他堪配承当。
让妒忌避开——在此之前
905 我们已受够苦难。
此刻，我的爱人，请你下车，腿脚别沾土壤，
你是君主，捣毁伊利昂的主将。

（对她的侍女们）

为何磨蹭？别忘了我的讲话，
在此，他的脚前，铺下织毯悠长。
910 来吧，让他踏入宫房，眼见事物他所不曾
设想，让正义引他进宫，沿着猩红指引的方向！
至于别的事情，尽可留给我的警觉照看，
听循命运的安排，借助神明帮忙。

(侍女们铺下地毯)

阿伽门农
  莱达的女儿,你看管我的宫房,
  你的话颇似我的出离, 915
  拖拖拉拉,说得过长。合宜的称赞,
  属于别人的嘴唇,让别个说讲。
  此外,不要玩弄女人的聪明,把我
  搞得软不拉塌,仿佛我是某个亚细亚君王,
  不要招引妒恨,铺展过道,用织毯的豪华,
  此乃神的享受,谁也不能沾光,
  我乃一介凡人,不能,我想,脚踩精工的典雅,
  不怀恐惧,心里一点不慌。
  告诉你,把我当作凡人,不是神明敬仰。 925
  暴殄天物不行,引来谣传,纷纷扬扬。
  须知神给凡人的礼物,最珍贵的恩赐,
  是明智的心想。只有当生命结束,在舒惬的平静中
  度过一生的时光,我们才能说此人幸福安详。
  倘若总能这样做事,我的生活充满希望。 930

克鲁泰墨斯特拉
  来吧,告诉我,不要违背我的意愿。

阿伽门农
  我也有意愿,不会舒缓。

克鲁泰墨斯特拉

你在对神明起誓，当如此举动，必是出于害怕。

阿伽门农

是的，倘若有谁定知一切，已对我说讲。

克鲁泰墨斯特拉

935　假如普里阿摩斯战胜，你想，他会怎样？

阿伽门农

毫无疑问，他已阔步织毯。

克鲁泰墨斯特拉

如此，你就别怕人们挑剔找碴儿。

阿伽门农

民众的声音包含巨大的力量。

克鲁泰墨斯特拉

然而，不被妒忌，不受崇仰。

阿伽门农

940　如此好斗，绝非女人的心肠。

克鲁泰墨斯特拉

对获胜的英雄，让步亦是一种风光。

阿伽门农
　　对这样的胜利，你极为赞赏？

克鲁泰墨斯特拉
　　哦，让步吧！听我说，你拥有力量；改变意志，别犟！

阿伽门农
　　既然你执意要求，那就让随从快跑，
　　脱去条鞋，侍走的奴隶，从我的双脚。 945
　　当我蹬踏这片堂皇、紫红得之于海产的染料，
　　别让神的眼睛射出恨恼，从远处击扫。
　　我深感羞耻，踩走家中的奢豪，
　　糟践白银的等价，精织的财宝。

　　做就做吧。现在，你可领她进屋，善对 950
　　这位外邦的女娇。神的眼睛从远处看瞧，
　　会欣赏征服者的明智，采用恩威结合的举措；
　　谁也不会有意选择，戴上奴隶的轭套。
　　我有成堆的财宝，她是其中最绚美的花朵，
　　军队分给的礼物，随我一起来到。 955

　　既然我的意志已在你的劝请下弯腰，
　　我将脚踏紫红，进入房宫，沿着过道。

克鲁泰墨斯特拉
　　这里有海的丰饶，谁能把它枯槁？

　　　　它的奉献贵似白银，紫红的颜料，
960　　滚滚而来，取之不尽，浸染我们的衣袍。
　　　　感谢神明恩宠，此类织物宫居里特多，
　　　　大堆小包——何为贫困？它不知晓。
　　　　我会发誓踩走，踏上许多件祭袍，
　　　　只要听闻谕令，只要谕示赞同，
965　　在那些日子，绞尽脑汁，让你回家逍遥。
　　　　倘若树根存活，枝叶仍会繁茂，
　　　　围蔽家居，挡住犬狗星[①]炎热的光照——
　　　　如今，你已回返，回返家居，你的炉火，
　　　　你带回太阳的温暖，迎着北风的呼啸。
970　　然而，当宙斯把生绿的葡萄放入酒盅，
　　　　阴森的凉气会侵袭房宫，只因
　　　　家居的主人回转，又在里面走动。
　　　　宙斯，实践者宙斯，兑我的祈诉，
　　　　用你的心智实践，舒表你的心胸。

（阿伽门农与克鲁泰墨斯特拉步入王宫）

歌队

975　　为何此般恐惧，沉闷的　　　　　　　　　[前行 a
　　　　击打，从不停止，
　　　　骚扰我巫卜的心窝？
　　　　为何这支曲调，不曾选购，

---

① 即天狼星。

不曾要过，显示预兆？
为何自信的希望 980
坐不住我的心灵，
驱赶恐惧，像似梦幻，无法释破？
时间已深埋海船的缆锚，
用堆起的沙包，
从很久以前， 985
那一天，军队与战船
出海，进攻伊利昂城堡。

然而，我已目睹他们归来， [回转 a
亲眼见瞧，
但我的心灵仍在悲歌，深沉、 990
自发的唱诵，唱响哀鸣的复仇[①]，
没有竖琴伴奏。
希望已彻底破灭，
诱人的力量无影无踪。
我敢说这不是迷幻， 995
而是真实的迹兆，这股混沌的浪水
冲击胸壁，撞打破碎的心窝。
但我仍要祈诵：愿这一切
预想变成虚无的影泡，
不会实现，不被兑报。 1000

---

① 参考本剧第 58 行注。

  强壮的身体——此乃真话——讨厌限缚，   [前行 b
  不会知足，虽然疾病近在咫尺，
  作为邻居，敲打共用的薄墙，只有一堵。
1005 所以，人的命运，在顺道上行走，
  会突撞暗礁，成为横祸的俘虏。
  不过，倘若谨慎地采取行动，
  有意识地抛出一些货物，
  掌握好分寸，
1010 落海一部分财富，
  承受重灾的房居
  就不会整个儿倾覆，
  船体不致被海浪吞没。
  此外，宙斯送出大量、丰广的礼物，
1015 让人们从田地里一年年地收获，
  使饥饿的灾扰希望空无。

  然而人的黑血，一旦   [回转 b
1020 洒入脚前的泥土，谁有那个能耐，
  念唱巫咒，让它回复？
  难道宙斯不曾警告，
  把那个人杰[①]放倒，
  他能起死回生，有那份技术？
1025 倘若神明没有规束，
  让人的命运制约

---

① 指阿斯克勒庇俄斯，古代著名的医圣，因超越权限，将死人救活，被宙斯击杀。

别人的运数,不使恶错,
我的心灵眼下会把舌头赶超,
倾倒苦水,让它流出。
然而,事实上,我只能小声嘀咕, 1030
在黑暗之中,强忍心里的痛楚,
不能抖搂希望,不能表述,
把心底的火苗压住。

(克鲁泰墨斯特拉上,对卡桑德拉说道)

克鲁泰墨斯特拉

你也进屋,我说你,卡桑德拉①, 1035
既然出于好意,宙斯让你参加,
分送圣水,站随别的奴隶,偌大的
群帮,趋拥护家的神明,他的祭坛边旁。
走下马车,好吗,不要那样骄狂。
想一想吧,人们说很久以前,就连他也被卖入 1040
囚架,阿尔克墨奈的儿子②把奴隶的面包当作食粮③。
不过,倘若命运逼你就范,你应该高兴,
确实,服从这样的主人,富有的世家。
那些个暴富,丰收所有,超过他们的嗜想,
无不恶对奴隶,手段过分,酷用每一种花样。 1045
从我们这里,你可按常规的路数企望。

---

① 特洛伊国王普里阿摩斯的女儿,通卜术(受之于阿波罗)。
② 指大力士赫拉克勒斯。
③ 赫拉克勒斯曾凶杀欧鲁托斯之子伊菲托斯,后接受德尔菲神谕告示,被卖作奴隶"赎罪"。

歌队

　　用如此明晰的话语，她在对你说告，
　　君不见你已掉入毁灭的网套，
　　你要服从，倘若愿意，或许你不能做到。

克鲁泰墨斯特拉

1050　　除非她的话怪僻，难懂，
　　像燕子的叫声，听不清楚，
　　我针对她的理解力讲话，要她服从。

歌队

　　去吧，跟着她走。于你而言，她给的
　　机遇再好不过。下车吧，按她说的去做。

克鲁泰墨斯特拉

1055　　我没有那份闲暇，和这个女人消磨，
　　放走时光，离着房宫，站等的畜群
　　亟待祭出，已把中间的炉坛围拱，
　　今天的喜悦出乎希望，不在冀盼之中。
　　你，倘若还想，就该快走，表示服从；
1060　　假如出于无知，全然不懂，那就
　　甭说，作些个比画，用你野蛮人的双手。

歌队

　　这位外邦的姑娘，我想，需要翻译，且能
　　胜任这份工作。她像一头野物，被新近捕获。

克鲁泰墨斯特拉

 不,那是狂野的激情,使她发疯,
 离开新近沦落的城市,来到我们之中,   1065
 不习惯于新套的嚼口,直到泄完
 野劲,鲜血横流,喷吐白沫。
 够了,我不想多费唇舌,受她的轻薄!

    (克鲁泰墨斯特拉返回王宫)

歌队

 我可怜她,所以不带恨恼。
 下车吧,不幸的姑娘,离开车座,   1070
 屈从于必然,戴上于你生疏的轭套。

    (卡桑德拉下车,痛哭)

卡桑德拉

 哦,苦哇,耻辱!   [前行 a
 阿波罗,阿波罗!

歌队

 是出于凄楚,你对洛克希阿斯[①]喊叫?
 此神不司凡人的痛苦,他们的哀号。   1075

---

① 指阿波罗(参考《奠酒人》269)。

卡桑德拉

哦，苦哇，耻辱！　　　　　　　　　　　　　　　　[回转 a

阿波罗，阿波罗！

歌队

用悲苦的声音，她再次喊叫，

呼喊这位神明，从不参与悲悼。

卡桑德拉

1080　　阿波罗，阿波罗！　　　　　　　　　　　　　　[前行 b

引路的神明，我的克捣！

你再次毁我，彻底结了！

歌队

我想她将把自己的灾苦预报。

即使在奴隶的心里，神赐的灵感存活。

卡桑德拉

1085　　阿波罗，阿波罗！　　　　　　　　　　　　　　[回转 b

引路的神明，我的克捣！

你把我领到哪里？这是谁的房宫？

歌队

此乃阿特里德的王宫。倘若你不

明白，我会告说，已经讲的不会有错。

卡桑德拉

    不,这座家居,受神明恨恼,   [前行 c

    亲人残杀,反目,罪孽深重,

    分明是活人的屠场,地上血水灌浇。

歌队

    像一条犬狗,陌生人的嗅觉灵妙,

    追寻地上的踪迹,把死者找到。

卡桑德拉

    听听这些个证据,让我信服: [回转 c

    为自己的死亡,幼小的孩童悲哭,

    变成烤肉,亲爹盘中的食物。

歌队

    你的声名我们有过听说,善能预卜,

    但这里无须卜者,不要他们帮助。

卡桑德拉

    哦,耻辱,眼下她的打算?   [前行 d

    又在谋划什么新的罪祸,

    粗蛮的打击,凶险的恶错,在这座

    宫居,超越爱的忍受,无法治住?

    啊,遥远的救护!

歌队

1105　　我无法领会，对此番预卜，
　　　但另一些我懂，传响在整座城市之中。

卡桑德拉

　　　如此酷戾，你忍心下手？　　　　　　　　　［回转 d
　　　他与你同床，是你的丈夫，
　　　泡浸浴水，浑身闪烁——我该如何诉说终结？
1110　　哦，做得真快，这只手在摸索，那只手随同——
　　　她在打击，冲扑！

歌队

　　　我还是不懂，她的话是谜语，
　　　乌黑的预言，把我搅得稀里糊涂。

卡桑德拉

　　　不，不，这是什么恶魔？快瞧，难道不是　　　［前行 e
1115　　死的网络？不，她就是罗网，曾和他
　　　睡觉，参与作恶，在里面把人宰倒。
　　　不知足的厄运，在部族里横走，
　　　让它站立，狂呼：击打祭物，飞掷石头！

歌队

　　　是什么精灵，你对它尖叫，要它在宫里欢呼，
1120　　提高嗓门？你的话使我希望落空。
　　　苍贫的浆水滴回心窝，不停地淌流，

像致命的伤痛，急转直下，
把生命的光辉抹收；
死亡临近，很快结终。

卡桑德拉

哦，看呢，快瞧！把公牛拉开，别和 　　　　[回转 e　1125
母牛一道！她撒出织袍，把他蒙罩，
冲刺，抵裂，用乌黑的牛角，
把他掀翻，在汤水里躺倒！
谋杀，告诉你，大锅里的谋杀，名为洗澡。

歌队

我不敢夸口，掌握解释预言的精要，　　　　　　　1130
但尽管外行，仍可感觉其中的凶兆。
对于凡人，谕言可曾传送过吉好？
词语的堆砌，加上卜术的技巧，
描述邪恶，拐弯抹角，
使人听后心惊肉跳。　　　　　　　　　　　　　1135

卡桑德拉

苦哇，悲痛，为我的不幸，在厄运中生活！　　[前行 f
潜满的痛苦，唯我所有，和着哭声浇泼。
为何把我带到此地，尝受此般凄楚？为何，
为何？除了死亡，和他同走，还有什么出路？

奥瑞斯提亚　|　063

歌队

1140 你被神灵捏住，心里着魔，
悲唱自个的命运，尖厉的挽歌，
像一只棕色的夜莺，一生中
不停地哀号，带着心里的苦恼，
哭着喊叫：伊图斯①，伊图斯——
1145 流不完的眼泪，悲苦难熬。

卡桑德拉

哦，为了夜莺甜净的歌声，她的命运！　　［回转 f
神明给她翅膀，穿上羽毛的衣服，
没有痛楚，给她甜美的生活。
然而，等待我的却是利剑，锋口两条！

歌队

1150 哪来的击打，一阵接着一阵，受神明
催导，让你徒劳无益，在激情中说告？
为何喊叫，恐惧伴着歌声，
刺耳的尖啸混合曲调？
谁为你划定卜术的界线，让你循走，
1155 告示凶晦的预兆？

---

① 色雷斯国王忒柔斯之妻普罗克涅因丈夫奸污其妹而杀死儿子伊图斯，以后变作夜莺，悲哭爱子的死难（另参考《祈援女》58-67；比较索福克勒斯《厄勒克特拉》148）。

卡桑德拉

哦,帕里斯的婚讨,把死亡带给亲胞! [前行 g
苦哇!斯卡曼德罗斯,父亲的河道,
我在你的岸边长大,从前,
承蒙你的养育、关照。
如今,傍临夺命的河水,科库托斯 1160
和阿开隆①,我要唱响巫卜的预报!

歌队

你说什么?这些言告,
简单、明了,儿童亦可听晓。
然而,深层里是长刺的切捣,
让我耳闻你的曲调,你的凄苦, 1165
命运的艰厄把我的心灵碎绞。

卡桑德拉

哦,痛苦,哀号!我的城市被彻底荡扫! [回转 g
哦,成群的壮牛,在草场上食遥,
作为献祭,父亲用它们拯救楼堡!
这一切全然无效,无法 1170
解救城市,现在的痛恼。
我的心里烈火燃烧,即将扑倒。

---

① 二者均为冥界的河流。

歌队

>你的话接续刚才的曲调。
>你已被某个凶狠的精灵逮着,残忍、沉重,
>在你面前扑倒,逼使你吟唱可悲的苦难,
>与死亡粘连的哭号。
>至于结局,我无法知晓。

卡桑德拉

>我的预言不再羞涩,像一位新婚的女娇,
>斜着眼睛,从纱巾后窥瞧,而是像
>鲜亮的劲风,吹扫东升的太阳,迎对光照,
>融入海里的骇浪,掀起一峰惊涛,
>冲打此番悲难,使明净的水花闪烁。
>眼下,我不再用谜语教授——我要
>你们,作为见证,紧跟在我的脚后,
>追踪过去的凶迹,以往的罪过。这里
>有一支歌队,同声唱道,从不离开房宫,
>极不和谐,高歌被粗粝破毁的曲调。
>吞咽凡人的血膏,她们变得更为强暴,
>狂欢庆贺,生来就爱胡闹,
>复仇,永久的潜伏,绝难赶跑。
>栖住厅堂,她们唱诵古时的罪恶,
>痛苦的渊薮,轮番诅咒,唱咒
>他①的过错,在兄长的床上胡闹。

---

① 指苏厄斯忒斯,此君曾与阿特柔斯之妻通奸。

我的话不着边际，还是像一名真正的弓手，精中
　目标？
我可是个诓骗的卜者，追门逐户，胡说八道？　　　　　1195
你们要起誓作证，证明我熟知它的玄奥，
这座宫居，传代的恶孽，我尽数知晓。

歌队
即便信誓旦旦，几句咒言又何以
治得伤痛？然而，我惊羡你的功夫：
在外邦长大，海的那头，你能讲述　　　　　　　　　　1200
异乡的城市，仿佛去过，说得那样精到。

卡桑德拉
阿波罗，卜者，让我从事这份工作。

歌队
一位神明，受爱欲驱导？

卡桑德拉
在此之前，我羞于告说。

歌队
昌达使人变得过于细巧。　　　　　　　　　　　　　　1205

卡桑德拉
他将我扭抱，把我摔倒，吐喘甜蜜的欲火。

奥瑞斯提亚

歌队

你可生养子嗣,有了家小?

卡桑德拉

我曾答应洛克希阿斯,但出言不果。

歌队

然而,你已被神的卜术摄导?

卡桑德拉

1210　是的,即便如此,我预卜城市的灾祸。

歌队

奇怪,洛克希阿斯的愤怒怎会把你放过?

卡桑德拉

自从那次冒犯,人们对我不再听服。

歌队

然而我们相信,你的预言一点不错。

卡桑德拉

哦,灾难,痛苦!
1215　入骨的悲痛再一次袭捣,真实的卜告,
它使我昏旋,失落,一场凶蛮的风暴。
快瞧,他们在宫居前做窝,

年幼、弱小，像梦中的虚影，
像是孩子，被亲人杀倒，
后者手抓同宗的骨肉，当作食肴①。   1220
我眼见他们拚握内脏，挖自胸腔里头，
可怜啊，孩子的肢体，让父亲尝过……
为此，告诉你，有人阴谋复仇，
一头狮子②，缺少犟勇，在主人的床上建功，
护卫房居——我的天——等待他回宫；他，   1225
也是我的主人；如今我戴套奴隶的轭架，套在颈脖。
哦，舰队的统领，把伊利昂连根拔掉，
却不知这条该死的母狗，吞舐
他的双手，竖起耳朵，奉承讨好，
像狡诈的死亡，将振臂击捣——   1230
一个女人，够大的胆魄，把男人放倒。
我该怎样叫她，不出差错？何样孽兽，让人恨恼？
称之为安菲③，毒蛇，两头狠咬？叫她斯库拉④，
藏身岩洞，恶虐，让船员性命难保，
还是残忍的母兽，吐喘死亡，对近亲暴戾，   1235
从不饶恕？她曾发出胜利的号叫，
不要脸的女人，似乎战斗已经打响，
迎接丈夫归来，为她留着，强颜欢笑！
信不信由你，现在这一点并不重要。

---

① 出于报复，阿特柔斯杀死苏厄斯忒斯的孩子并邀苏氏赴宴，使其惨食亲子之肉（见1242, 1590–1602）。
② 喻指埃吉索斯。
③ Amphisbaina，传说中的一条凶狠的巨蟒，可向"两头移动"。
④ 海中的魔怪，长着六个脑袋，十二只脚（参见《奥德赛》12.85–92）；在《奥德赛》里，她吞食了俄底修斯的六名船员（12.256–257）。

1240　　将会发生之事定会发生,稍后你即会知晓,
　　　　站着,心怀怜悯,嘟哝这位先知,半点没有说错。

歌队
　　　　苏厄斯忒斯①赴宴,餐食儿子的血肉,
　　　　这我知道,令我浑身颤嗦;我感到
　　　　害怕,听知事实,全无虚构。
1245　　至于其他,我听了,不懂,远离迹踪。

卡桑德拉
　　　　告诉你,你会看见:死亡落临阿伽门农。

歌队
　　　　嘘,可别做声,可怜的女人,管住你的舌头。

卡桑德拉
　　　　无用,此事已无有医神可救。

歌队
　　　　是的,假如只能这样——但愿它,唉,不致发生。

卡桑德拉
1250　　祈祷又有何用?他们可不;他们要屠宰,杀头!

---

① 阿特柔斯的兄弟,埃吉索斯的父亲。

歌队

何人作祟,预谋这场灾愁?

卡桑德拉

看来,我的话你全然没有听懂。

歌队

或许,只因我不知谋划者的目的、意图。

卡桑德拉

然而我的希腊语不错,应该说很好。

歌队

普希亚的谕言① 如何?——地道的希腊语, 1255
晦涩难懂。

卡桑德拉

哦,烈火,苦痛,一起来到!
阿波罗,光线的主宰②,哦,痛苦,难熬!
这头母狮,两条腿脚,和野狼睡觉,
趁高傲的雄狮不在,她会把我
砍倒,备受折磨。她在搅配毒药, 1260
出于恶恨,发誓拌入对我的报复,
同时磨快利剑,刺捅她的丈夫,

---

① 即阿波罗的谕言,由女祭司普希娅代传。
② Lukeios(比较《七勇攻忒拜》145),此处可能含"破毁者"之意。

把我带到家里，她要一起除掉。
为何还要它们，自我嘲弄——
1265 这枝节杖，还有毛织的饰圈，抃住喉咙？
至少，在我断气之前，我要把它们毁掉——滚吧，断裂，
冤家对头！对你们的作为，这是我的回报！
别让我，让别个富享灾愁困扰。
瞧，是阿波罗，是他剥下我巫卜的
1270 衣袍。他一直对我盯瞧，看着我
被人嘲笑，尽管身披这些个荣耀，
过去的朋友，其时恨我，讥讽来得没有名目，
大错特错，把我当作浪人，挨家挨户乞讨，
骂我是"要饭的"、"没出息"、"只饥不饱"——
我忍受了这一切责恼。
1275 如今，先知要把我，他的女卜除掉，
将我领到此地，被人杀倒。
等待我的不再是父亲的祭坛，而是剁木，
砍出滚烫的血流，用我祭犒。
是的，我俩必死，但会引出神明的报复，
1280 有人会替我们复仇，这个家族的子孙，
他会赶来，为父亲雪恨，把母亲杀除，
一位流放者，浪人，曾被他们赶走，远离乡土，
将要回来，用盖石把杀戮亲人的豁口封住。
须知此乃神明强有力的誓咒，
1285 父亲僵躺的尸躯会引他回头。
如此，我为何悲哭，这样凄楚？

我已先见伊利昂堡楼的覆灭,按既定的
路数,又见破城的兵勇做这
做那,受神的意志定注,
我也一样,将迎对命运,走向里屋。 1290
我要出声求呼,对着死的门户,
只求一点,击打要凶,
没有痉挛,让生命的血流退出,
无痛、静谧,我合上眼睛,死得轻舒。

歌队

哦,可怜的女人,忍受剧烈的苦痛,有这样的智慧, 1295
你说了很多,很多。然而,倘若你的话全对,
将会那样结终,你怎能有此般心胸,果敢、镇静,
像一条祭牛,走向炉坛,被神明牵在手中?

卡桑德拉

此事难能躲避,朋友们,时间与我无用。

歌队

然而最后的时刻最值得珍重。 1300

卡桑德拉

出逃不会补救,这一天已经来到。

歌队

你真勇敢,以坚强的心志忍受煎熬。

卡桑德拉

只有不幸者才接受此般赞褒。

歌队

然而此举增彩凡人,倘若死得崇高。

卡桑德拉

1305　呜呼,为我的父亲,为他的儿子,一门英豪!

(卡桑德拉惊退)

歌队

这是为何?是什么恐惧逼你退缩?

卡桑德拉

恶臭,恶臭!

歌队

哪来的恶臭?莫不是你心里惊慌?

卡桑德拉

这屋里血腥味重,已是滴血的屠场。

歌队

1310　那有什么?只是炉前祭畜被杀。

卡桑德拉

此番气味,与开墓一样。

歌队

你指的不是宫里的宠物,高贵的叙利亚清香?

卡桑德拉

好了,我要踏入宫房,哭悼我和
阿伽门农的死亡。生命,你太苦,太长!
哦,朋友们, 1315
这不是飞鸟的惊叫,被树丛绊倒,我不会
徒劳无益地说告。请你们见证,当我死后,
为我,一个女人,另一个女子将丧命屠刀,而为一个
男人,与悲苦婚交,另一个男子将用生命偿报。
我索要这点陌生人的恩惠,我的死辰已到。 1320

歌队

我可怜你,苦命的女人,对自己的死亡你察知分毫。

卡桑德拉

我还有话要说,不再为自己
歌悼。我呼对太阳,口诵祈祷,
迎着最后的光照:当复仇者讨还血债,
杀死这些恶魔,也让他们为我动刀, 1325
替一名女奴,死了,轻松得手的猎获。
悲哉,可怜的凡人,他们的终结!

在顺达之际，阴影会来蒙罩，当遇到
麻烦，沾水的海绵会把整个画面抹掉；
1330　此乃最坏的事情，没有什么比之更糟。

（卡桑德拉缓缓走入房宫）

歌队

凡人向往富贵，天性使他不觉
知足，谁也不会对它
说喊，手指门户，发出警告：
"出去，别来这里胡闹！"
1335　看看此人，幸福者①给他普里阿摩斯的
城堡，让他占捣，
凯旋，像神明一样荣耀。
倘若此君必须偿还血债，替祖宗的恶错，
为被杀的人们丧生，死后引出新的魂魄，
1340　只因为他的死难仇报，那么，
哪个凡人胆敢称告，听过以后，
称说他生来不受乌黑的精灵盯瞟？

（宫里传出一声惨叫）

阿伽门农

哎哟，痛遭致命的打击，被砍至深！

---

① 指神祇，他们是"幸福的"（至少是不死的）。

歌队

安静。谁在惨叫,疾呼致命的伤痛?

阿伽门农

哦,又是一下,再添一道伤痕! 1345

歌队

从国王的凄叫判断,我想,此事业已告终。
来吧,让我们一起商量,规划安全可靠的行动。

(歌队成员依次讲诵)

成员甲

听着,让我讲说怎么做最好。
要信使招呼市民,前来救保。

成员乙

我看应宜马上冲入,当面责讨, 1350
趁着鲜血未干,仍在剑锋滴浇。

成员丙

我赞成,投他一票。
赶快行动,莫把时间蹭耗。

成员丁

很明显,这些步骤表明,

1355　　他们计划独裁，横霸城堡。

一成员
　　是的，我们在浪费时间，而他们则把
　　谨慎的光荣踩踏；他们的双手不会睡觉。

一成员
　　对你们的意见我无所适从。
　　敢于行动的人们知晓规划的细巧。

一成员
1360　　我表示赞同。我不知仅凭
　　词语怎能让死人还魂，复活。

一成员
　　你说什么？为了苟活，我们必须弯腰，
　　屈从于他们、玷毁家院者的率导？

一成员
　　不，我们不能容忍罪恶，宁愿死掉；
1365　　死亡比暴政温和，远为佳好。

一成员
　　难道仅凭凄惨的喊叫，我们就能断定，
　　像先知那样，王者的生命已经逝消？

一成员

我们应先了解事实,然后方能咆哮,
须知猜测远不如确切的知悉可靠。

一成员

各方的意见纷至沓来,使我确信可以这样　　　　　1370
说道:先弄清阿伽门农的处境,再作分晓。

（宫门打开,显现阿伽门农与卡桑德拉
的尸首,克鲁泰墨斯特拉站临尸边）

克鲁泰墨斯特拉

我已说过许多,为了当时的需要,
眼下,我不以为耻,把真情说告。
不这样,你说我怎么做才好?——责惩一个恶汉,
装出慈爱的面貌,将毁灭的窝巢筑得老高,　　　　1375
让人无法跳起抓到。此乃世代
相传的仇恶,拼搏的极点,我已
谋划很久,并非一时新鲜,心血来潮。
我站临此地,我在此把他击倒,事情已经做好。
我的作为,我做了,不会赖掉。　　　　　　　　1380
为了不让他挡开厄运,不使脱逃,
像一个渔人,抛撒巨大的线网,我投出
丰广的财富,致命的衣袍,把他箍牢。
我给他两记重捣,他膝腿酥软,喊出
两声痛苦的惨叫。见他去了,　　　　　　　　　1385

>我给出第三记击捣，恩谢地下的
>宙斯，掌管死人，是他们的王导。
>就这样，他被我杀掉，命息撇离躯骨，
>张嘴喷吐，对我暴涌黑红的血膏，
>1390　密射的浆点，粗蛮、过瘾，
>让我纵情欢笑，像缺水的林园，喜迎新雨，
>神明的赐犒，在育蕾的时节，催发鲜嫩的花苞。
>
>这就是事实，你们集聚此地，阿耳戈斯的长老，
>欢呼吧，倘若此乃你们的喜笑，至于我，我为此深感
>　　荣耀。
>1395　倘若理应奠洒死者，用合宜的方式祭祷，
>那么此人最有权接受，配称得已经过好，
>他用该受诅咒的罪恶潜倒缸碗，当作醇酒，
>如今回家痛饮，连一滴残汁也不放过！

歌队

>你的话把我们惊呆，麻木，你的舌头厉害，
>1400　怎么讲得出口——对着死去的丈夫，夸耀你的成功！

克鲁泰墨斯特拉

>你对我测试，以为我，一个女人，没有头脑，
>但我心里不怕，对着你说话——这你知道。
>你可以赞扬，亦可责怪，听凭喜好——
>于我，二者是一个面貌。此人是阿伽门农，
>1405　我的丈夫，已经死掉——它的击打，凭仗正义，

右手的功劳。事情就这样了结。

歌队
哦,女人,那是什么植物,长在地里,有毒,
抑或出自海里,激浪汹涌,让你尝过,
使你这样残忍,疯狂,面对公众的诅咒?
你扔出,你砍剁——如今,你将被赶走, 1410
逐出国土,被人民的愤恨碎破。

克鲁泰墨斯特拉
现在,你要把我逐出城围,把我毁掉,
顶着民众的愤怒,轰响的咒闹。然而,
对此人,躺着,当初你怎么不把他赶跑,
他把活人的性命看做禽兽不如,尽管 1415
肥羊成群,栏圈里堆挤密密的绒毛,
他残杀自己的孩子,作为祭牺,使我的
阵痛变成欢爱,愉悦色雷斯的狂风,不再怒号。
你不正该把他赶走,从这片泥土,
使他的劣迹、瘟染得受惩报?然而,你却盯住 1420
我的举动,当起严厉的审判——可笑!听听我的警告:
继续你的恫吓,但要知我已备妥,以同样的方式回报,
假如你把我制伏,把我拉下宝座,你可掌权,
你来制导。但是,倘若神明着意于相反,那时
你会学知,虽说迟了,收敛的乖巧。 1425

歌队

  恣莽的心智，口气高傲、自负，
  你的心灵已被屠宰的凶蛮迷糊，
  眼睛血红，谁都可以看出，
  你将挨打，回报你的击揍，
1430 失去朋友，在不久以后。

克鲁泰墨斯特拉

  你也听听我的诅咒，权益是它的凭靠：
  以公正①的名义，它替我的孩子仇报，
  以毁灭②和复仇的名义——我用此人对之祭祷：
  希望穿走我的房宫，不会被恐惧踩蹈，
1435 只要埃吉索斯③拨闪火光，在我的炉灶，
  我的朋友，一如既往，忠诚可靠，
  是我信心的盾牌，坚实，偌大不小。
  而这家伙，在此躺倒，对我作恶，
  淫娱伊利昂的姑娘、所有克鲁赛斯④的心窍，
1440 带来他的俘获，亦已长眠，颇能
  卜占，一个诡用巫术的情娇，
  和他睡觉，忠诚，但也熟知海员
  滚动的板条。他俩已得获应有的偿报。
  他已伸腿，而这个女人，喊过天鹅

---

① Themis，即正义（参见《祈援女》359–360），等于 dike（见本剧第 250 行）。
② Ate。
③ 苏厄斯忒斯之子，克鲁泰墨斯特拉的奸夫。
④ 在《伊利亚特》里，克鲁赛斯是阿波罗祭司的女儿，阿伽门农的"战礼"。

凄厉的绝唱，亦在这里躺倒，　　　　　　　　　　1445
此情此景给我的睡床
新添喜悦，使我兴致更高。

歌队
哦！没有痛楚，　　　　　　　　　　　[前行 a
不用久病卧床，它会临近我们，
疾走的死亡，带着长眠，永寂，　　　　　　　　1450
没有苏醒的时候——如今，我们的
王者已经躺倒，最慈爱的护佑，
为了一个女人，遭受千辛万苦，
被另一个女人把性命夺走。

悲哉，海伦，粗野的心胸，　　　　　　　[插段 a　1455
断送数千条人命，在特洛伊的
墙脚，你毁掉多少壮勇！
如今，你自戴花冠，被死者的鲜血染红，
长留人们的记忆之中，洗不掉的光荣。显然，　1460
那时有一个精灵行走宫房，给男人带来苦痛。

克鲁泰墨斯特拉
不要哀思，把自己压倒，
亦不要呼求死亡，声声祈祷，
不要怒斥海伦，为死去的
男人叫苦，仿佛她独自一人　　　　　　　　　1465
杀死成群的达奈兵勇，

奥瑞斯提亚　　083

致送悲愁，无可救药。

歌队

　　哦，神灵，你在这座房宫蹲伏，　　　　　　　　　　[回转 a
　　残毁唐塔洛斯的一对后人①，
1470　通过女人的心志，她们的双手，
　　你运导力量，撕裂我的心口！
　　像一只脏毒的乌鸦，她栖站尸首，
　　啄食腐肉，炫耀胜利，
　　破喊嘶哑的歌喉。

　　悲哉，海伦，粗野的心胸，　　　　　　　　　　　　[插段 a
　　断送数千条人命，在特洛伊的
　　墙脚，你毁掉多少壮勇！
　　如今，你自戴花冠，被死者的鲜血染红，
　　长留人们的记忆之中，洗不掉的光荣。显然，
　　那时有一个精灵行走宫房，给男人带来苦痛。

克鲁泰墨斯特拉

1475　现在，你的评论开始走入正道，
　　启动双唇，你把精灵的名字呼叫，
　　此君三吞人命，把一个家族毁掉，
　　生殖吸血的嗜望，满注全身的管络，
1480　使旧伤未愈，新血注浇。

---

① 指阿伽门农和墨奈劳斯。唐塔洛斯是二位的先祖，裴洛普斯的父亲。

歌队

    很明显，那是一位强健的精灵，   [前行 b

    你刚才说告，他出入房宫，极其沉重，

    悲哉，悲哉，痛苦的光荣，

    哦，灾难，不会结终！

    苦哇，悲痛，全都出于宙斯的意志，   1485

    宙斯，一切事物的渊薮，所有因果的推动！

    凡人的经历哪一点离得开宙斯？

    我们的所有哪一件不是神的致送？

    哦，国王，我的国王，   [插段 b

    我将怎样为你哀悼？   1490

    我将如何表述对你的厚爱，心里感到？

    你横躺这张蜘蛛的网套，

    呼喘出命息，死得这样猥琐，

    伸腿这张不光彩的床上，

    被你妻子的叛逆之手杀倒，   1495

    挥舞利剑，锋口两条！

克鲁泰墨斯特拉

    你声称此乃我的所作？

    不，别再把我当作

    阿伽门农的老婆。

    袭取这具僵尸的妻房，虚影的相貌，   1500

    古老的复仇精灵，乌黑，清算阿特柔斯的

    罪恶，用凶险欢宴亲胞，

屠宰一份祭品,足长的活人,
偿抵被杀的孩子,用生命回报!

歌队

1505	谁能为你作证,	[回转 b
	证明你的谋杀无辜?	
	谁?在哪?然而,从他父亲的罪恶	
	许有某个精灵①钻出,对你大概有用。	
	乌黑的杀灭会劲蹚亲人的血流,	
1510	大步奔走,抵达他的去处,	
	得以施行报复,	
	为死去的孩子,被食的人肉。	
	哦,国王,我的国王,	[插段 b
	我将怎样为你哀悼?	
1515	我将如何表述对你的厚爱,心里感到?	
	你横躺这张蜘蛛的网套,	
	呼喘出命息,死得这样猥琐,	
	伸腿这张不光彩的床上,	
	被你妻子的叛逆之手杀倒,	
1520	挥舞利剑,锋口两条!	

克鲁泰墨斯特拉

他死得可以,不算糟糕。
难道不是他先行凶逆,

---

① Alastor,"复仇者"。

引来毁灭,
把家居拆捣?
他活该服罪,自作自受, 1525
错对亲生的骨肉,泪水中的
伊菲格妮娅①,我心爱的花朵。
所以,让他别在哀地斯的宫居炫耀,
他出剑击打,他被利剑击捣,
对自个的行为,他已足付偿报。

歌队

我心智穷竭,思绪恍惚, [前行 c 1530
想不出应急的举措,家居
已经颠覆,头脑里一片迷糊。
我害怕血的暴雨,倾落恐惧,
来势凶猛,摧捣宫居——已非点滴,少许。
然而,在另一些磨石,命运磨快正义, 1535
为另一番苦痛,另一次凶击。
哦,大地,大地,你为何不把我 [插段 c
埋入土里,先于眼见主人死去,
尸躺澡盆,取料白银? 1540
谁来葬他?谁为他举哀,哭泣?
你有这份胆量,虽曾杀死郎君,
哭祭他的死亡,用绝无敬意的

---

① 阿伽门农和克鲁泰墨斯特拉的女儿。当舰队被困奥利斯时,为借顺风,阿伽门农被迫忍痛割爱,服从阿耳忒弥斯的旨意,祭杀了伊菲格妮娅。

1545　　敬意偿抚他的魂灵，
　　　　赔报错恶，巨蛮的恶行？
　　　　谁会哭临坟墓，祭祷这位英杰，
　　　　落洒赞慰的眼泪，
1550　　表示痛惜，出于真心？

克鲁泰墨斯特拉
　　　　此事无须你来说告，关于对他的照料。
　　　　我们把他击倒，
　　　　我们把他杀落，我们会把他埋掉。
　　　　然而，家居里不会有人哀号。
1555　　不会——只有伊菲格妮娅，
　　　　他的女儿，合适不过，
　　　　会迎接父亲的来到，在转打漩涡的
　　　　河边①，傍依泪水的船舟，
　　　　亲吻他的脸颊，把他紧紧拥抱！

歌队
1560　　谴责回对谴责，谁能　　　　　　　　[回转 c
　　　　轻易作出裁夺？
　　　　掠劫者已被掠劫，杀人者已受惩报。
　　　　正义永随宙斯的宝座，他的意志：
　　　　谁个做错，谁个付出——此乃律条。
1565　　谁能挖出诅咒，深埋的种子，丢出门口？

---

① 可能指斯图克斯，即冥界的长河。人死后，灵魂由小船渡过该河，"正式"进入冥府。

它已和毁灭粘连,这个家族。

(哦,大地,大地,你为何不把我 [插段 c
埋入土里,先于眼见主人死去。
尸躺澡盆,取料白银?
谁来葬他?谁为他举哀,哭泣?
你有这份胆量,虽曾杀死郎君,
哭祭他的死亡,用绝无敬意的
敬意偿抚他的魂灵,
赔报恶错,巨蛮的恶行?
准会哭临坟墓,祭祷这位英杰,
落洒赞慰的眼泪,
表示痛惜,出于真心?)

克鲁泰墨斯特拉
不错,你总算看见真理,
看见将来的所做。不过,
我希望与家里的精灵商磋,探讨
誓封:我将忍受一切,已经发生的事由, 1570
尽管痛楚,只要此君今后出走,
让别的家族遭受苦痛,
亲人间残杀、恶斗。
从堆积的所有,
我只取一小份财富,
倘若能从这座家居 1575
扫出杀亲的疯火。

（埃吉索斯上，由兵勇护卫）

埃吉索斯
哦，如此美妙，这报仇的一天！
现在，我可再次告言，仇报的神明
从高处盯视凡界，盯视承托罪恶的地面。
1580 如今，我眼见此人，让我心欢，躺死在我的
跟前，伸腿复仇的女工，衫袍的网线，
足报他父亲的恶谋，当年出手加害。

阿特柔斯，这片国土的主宰，此人的亲爹——
让我把经过说得明明白白——把我的父亲赶开，
1585 苏厄斯忒斯，他的兄弟，曾对他的王权
发起挑战，被他逐离城邦，自己的家院。
可怜的苏君重回家园，对着炉火求祈，
得获命运的佑护，不曾惨遭杀害，
不曾抛洒热血，他的，脏渎祖辈的
1590 地界。但阿特柔斯，此人不畏神的父亲，
以超常的热情佯装友善，摆下盛宴，
似乎那是个喜庆的日子，置备肉肴，气氛热烈，
招待我的亲爹，用后者的儿子，人肉为餐，
让他吞咽。他砍下四肢，嫩小的手脚，
1595 盖置切开的躯体，装盘端给家父，
坐受对面的桌椅，心路平坦，不曾
多想，不加识辨，吃下那份食餐，

引来家族的毁灭,你已看见。
然而,当知晓业已做下的事情,可怕至极,
父亲大叫一声,绝对惨烈,旋转身子,吐出 1600
杀煮的肉餐,加重诅咒的分量,一脚蹬翻桌面:
"让普雷斯塞奈斯①的家族这样覆灭!"
出于这些原因,你眼见此人倒死这边,
我的心计,凭恃正义②,把他杀宰——
我,他的老三,随同不幸的亲爹, 1605
曾被赶出门外,其时还是个婴儿,被抱在怀间。
幸好,我长大成人,正义把我送回家园——
我出手遥击此人,尽管放逐在外,
是我设计摧毁,是我的谋略、编排。
现在,即便死去,我也觉得蜜甜, 1610
见过此人受惩,套入正义的网线!

歌队

我讨厌你炫耀,埃吉索斯,在痛苦中欢叫!
你说这是你的心想,把国王放倒,规划
可悲的杀戮,全凭你的谋略,一个人的巧计。
告诉你,审判不会把你放过,相信我,这一天定会来到, 1615
让你的头颅顶对民众的诅咒,石块的击捣!

---

① 阿特柔斯家族中的一员,辈分不明,一说为阿特柔斯之子,阿伽门农的父亲。
② 几乎所有的角色都认为应该凭恃或伸张正义。如阿伽门农(814),克鲁泰墨斯特拉(911, 1432),埃吉索斯(1611),奥瑞斯忒斯(《奠酒人》497),厄勒克特拉(《奠酒人》244),阿波罗(《善好者》615),雅典娜(《善好者》888–891),复仇女神(《善好者》492)。另参考本剧第 250 行注。

奥瑞斯提亚

埃吉索斯

　　伏坐底层的凳板,你大声喧嚣,
　　没看见海船的主人,在上面的舱板定夺?
　　你老了,是的,但你会知晓,在你
1620　这把年龄,学会循规蹈矩该有多么难熬。
　　不过,我们有链条,饥饿的痛苦会让你折腰,
　　两位高明的医者,让老年人聪灵,
　　最好的师导。小心,难道你不会看瞧?
　　不要乱走,免得踢对刺棒,痛断你的腿脚!

歌队

1625　你,像个女人,在宫居里畏缩,
　　躲避战争,脏辱英雄的床铺,坐等
　　他的归返,谋划死亡,杀死一位英豪!

埃吉索斯

　　正是这些个谈吐,将会使你受苦,痛哭。
　　你的舌头与奥菲乌斯①的相反,截然不同,
1630　他的歌声醉迷世间的万物,跟走他的身后。
　　然而你,用愚蠢的猖吠激撩我的愤怒,
　　会被人拖走;一旦破毁,你将容易对付。

歌队

　　你怎能统治我们,做阿耳戈斯的君主?

---

① 或奥菲俄斯,古代(前荷马)诗人,歌手,缪斯卡莉娥佩之子,据传他的歌声能使石头起舞。

你谋划杀他，却不敢动手，
用你的勇力，把他捅倒。 1635

埃吉索斯
因为欺诈由女人负责，自不待说，
而我则易遭嫌疑，只因早就把他恨在心窝。
尽管如此，我将力图控制民众，用他的
财富。我会封围他的脖颈，谁个不服，
用沉重的轭座——可不是精食喂养， 1640
只拉边套。看着吧，难忍的饥饿，伴随昏黑的
厩牢，会迫使他温驯，低下头脑。

歌队
然而，为何不自个动手，你这懦夫，
把他杀倒，而要留给一个女人来做，
污渎国家和疆土的神保？ 1645
哦，奥瑞斯忒斯何在，得见太阳的光照？
愿善助的命运送他回来，大显
身手，把这对恶人杀剿！

埃吉索斯
好啊，既然你心志倔傲，不放弃用言行顶撞，
听着，忠诚的卫士，从事你们的工作！ 1650

歌队
注意，各位，把剑柄紧握。

奥瑞斯提亚 | 093

埃吉索斯

我的手亦已把剑柄握住；我不怕死难临头。

歌队

你说你要"死亡"，你会得到；我们欢迎这个表示命运的辞藻。

克鲁泰墨斯特拉

不，我的爱人，最亲爱的，我们不宜另添悲恼。
1655 这里已有一次苦涩的收获，遍地痛楚的苦果；
这许多恶难，我们已经受够。现在，我们不要流血，不要。
尊敬的长老，你们可回返家中，顺服情势、命运，
免遭伤恼。那些个事情我们做了，只因必做。
假如不再受苦，我们将满足于这样的结果，
1660 尽管已被蹬得支离破碎，被命运狠酷的腿脚。
此乃一个女人的说告，你等男人可否屈尊听好。

埃吉索斯

然而，想想这几条愚蠢的舌头，绽开嘲笑的花朵，
想想他们对我的责恼，竟敢挑战命运，
驳斥良言，骂不绝口，讥辱我的王导！

歌队

1665 阿耳吉维人绝不会在恶棍面前退缩！

埃吉索斯

那好！将来，我会向你们领教，对你们惩报！

歌队

用不着，倘若神灵送他回家。把奥瑞斯忒斯引导。

埃吉索斯

被人流放，靠希望果腹——也是我的经历，这我知道。

歌队

继续暴饕，吃得肥头大耳，污毒正义，既然你大权在握。

埃吉索斯

你将偿报，不会有错，为你的横蛮、愚傲。 1670

歌队

吹吧，喊吧，像公鸡在母鸡身边炫耀。

克鲁泰墨斯特拉

别介意他们的号叫，这些人无力撕咬，
你我掌权，会把家里的事情理顺、办好。

（二人回宫，大门合拢；歌队退场）

奠酒人

人物

奥瑞斯忒斯（阿伽门农和克鲁泰墨斯特拉之子）
歌队（由来自异邦的女仆组成）
厄勒克特拉
仆人（守门人）
克鲁泰墨斯特拉
普拉德斯
保姆（契莉莎）
埃吉索斯
埃吉索斯的仆人
随从若干（分别跟随奥瑞斯忒斯、克鲁泰墨斯特拉、埃吉索斯）

阿耳戈斯，王宫和阿伽门农的坟冢前。

（奥瑞斯忒斯和普拉德斯着赶路者的装束上）

奥瑞斯忒斯
赫耳墨斯[①]，你看护我祖辈的权威，你，冥府的豪强，做我的盟友,救卫,求你帮忙。
我已返回国土,自己的,一个流放者,抵达故乡。
站对这座堆垒的坟墓,我向亲爹呼喊,
愿他聆听,耳闻我的声响 [……] 5
献给伊那科斯②,我奉上这绺头发,报答它的恩养,
用这另一绺发丝表达我的愁伤 [……]
哭悼你的死亡,父亲,我不在你的身旁,
也不曾伸手致意,当他们把尸体抬去埋葬。

(厄勒克特拉率歌队上)

啊,我眼见这些个人儿,什么意思?一群走动的妇女, 10
披裹漆黑的衫袍,朝着这个方向?
发生了什么,我能做何样猜想?
是某种新的悲愁,击扫我的宫房?
也许,她们携带的瓮罐,我有理由设想满装液浆,
祭奠我的父亲,抚慰地下的居者,已经死亡? 15
事情只能这样——我想我已眼见厄勒克特拉,
我的亲姐,绰显在人群里,双脚踏出深切的悲伤。
哦,宙斯,允许我复仇父亲的惨死,
给予你的恩典,站助我的身旁!

咱俩闪开点,普拉德斯③;让我弄清 20

---

① 宙斯和迈娅之子,神使,灵魂的"导者"(即把死者的灵魂导向冥府),亦司引导活人的行迹(参见《奠酒人》89—91)。
② 阿耳吉维平原上的河流,亦是一位河神。河水养育生命,滋生万物(另参考《祈援女》1025—1029),备受古希腊人尊崇。
③ 福基斯国王斯特罗菲俄斯之子,奥瑞斯忒斯的伴从(另见索福克勒斯《厄勒克特拉》17,欧里庇得斯《奥瑞斯忒斯》729以下)。

这些女人的意图，有何样的祈望。

(二人避闪；厄勒克特拉及歌队上)

歌队

我从宫殿出来，匆匆忙忙，伴送奠酒的液浆， [前行 a
双手重重拍打，狠狠地掐抓。
我的脸上闪着殷红的亮光，那是
25　一条条新开的血路，指甲抠出的痕伤。
我的一生在苦难中度过，心里满是惆怅。
伴随悲苦的击打，撕裂的声响，
我抓毁亚麻的衣衫，身着的裙袍，
遮掩我的胸膛，
30　出于苦难，悲惨的命运，
欢乐早已无处寻访。

潜隐官房的恐惧，释解人们的梦幻， [回转 a
发出尖声的呼啸，令人毛骨悚然，呼喘
睡梦中的愤怒，在森酷的夜晚，
35　嘶喊可怕的恐怖，从宫居深处骤起，
震落在女人栖身的睡房。
卜解梦意的人们，
在神的赞导下说话，
告称地府里的死者，
40　怀抱不平的仇恨，
怒对夺命的冤家。

寄望于此番没有善意的善意，试图把邪恶撒挡，［前行 b
（哦，大地，善良的母亲！）
她差我前行，那个女人，　　　　　　　　　　　　　45
不把神明放在心上。
然而，我不敢按她的命嘱祈祷，感到害怕。
何物能以抵赎，抵赎浸染泥地的血浆？
哦，悲戚的炉坛！
哦，破废的房居，已经倒塌！　　　　　　　　　　50
让人恨恼的漆黑，不见日光，
蒙罩这座宫居，只因
征战的主人已经死亡。

显赫的王权，无法抵御，不可征服，难以阻挡，［回转 b　55
旧时的权威，震撼公众的耳膜，
刺穿他们的心房，
如今已被丢弃一旁——
他们心里发慌。昌达的生活，
在凡人的眼里像似神明，比神明还要风光，　　　　60
但正义静等行动的时刻，摆弄
秤杆的校量：突至的灾难
会落捣凡人，有的置身白天的光华，
有的老态龙钟，在生命的暮色里领受凄惨；
窒息活力的黑夜会把另一些人裹葬。　　　　　　　65

由于如注的血流已被她吞咽，被催生的土壤，［前行 c

奥瑞斯提亚　｜　099

复仇的血块淤结，不再流动，涸成硬疤。
深重的灾难① 把他逮住，使罪恶的人
70 迷狂，像染上痛疾，在体内滋生、扩展。
此举无可救药，谁个糟践处女的睡床，　　　　　[回转 c
即便让所有的溪水汇成一股奔腾，
冲洗带血的双手——那个被污浊的
恶人——结果也只能无济于事，徒劳一场。

75 至于我——既然神明逼迫城市　　　　　　　　[附段
屈从于死亡——他们将我带离父亲的
家居，把奴隶的苦命吞尝，
违心背意，我只能听从他们的
80 使唤，不管是对，是错，
压制心里的仇恨满腔。
然而，在掩面的纱巾底下，
我哭悼主人无谓的死亡，
心里冰凉，将隐秘的哀愁怀藏。

厄勒克特拉②

来吧，侍女们，你们操持家务，把一切做得井井有条，
85 眼下陪我至此，做完这次祈祷，
可请帮我出出主意，怎么办为好。
我该说些什么，当我将掺和哀愁的祭奠泼倒？
我该如何找用善好的言辞，怎样对父亲祈告？

---

① ate，"灾虐"、"毁灭"，参考《阿伽门农》386、736 等处。
② 阿伽门农和克鲁泰墨斯特拉的女儿，奥瑞斯忒斯的姐姐。

我能说带来了祭奠的用物,给一个被爱的男人,
受一个充满爱心的妻子,我指的是母亲,受她托付
　　祭犒? 90
我可不敢这样讲话,但也不知说什么为好,
当动手倾洒浆液①,在我父亲的坟头。
我能说,按照常人所做:
"求你善报他们,给你送来致意的
花朵——这份礼物配称送者的恶错?" 95
抑或,像父亲死时那样,我该蒙受屈辱,静悄悄地
泼出祭奠,让泥地喝饱,
然后一走了事,像有人倾倒垃圾,在房门外头,
双眼旁顾,将容器投抛?

帮我想个办法,亲爱的朋友们,和我一道: 100
在这座家居,我们的仇恨一样难消。
不必惧怕谁个,把主意掩藏心窝;
命定的时刻也等待自由的人们,不光光是
屈沦的奴仆,在别人的强权下生活。
若有比我高明的见解,尽可告说。 105

歌队

出于对乃父坟冢的敬意,似乎那是一座
炉坛,我将吐诉自己的心声,遵从你的嘱咐。

---

① 酒或兑水的酒。

厄勒克特拉

说吧,既然你敬对家父的坟墓。

歌队

讲说善好的话语,替怀抱善意的人们,当你举杯洒泼。

厄勒克特拉

110　在我亲近的人中,我将把谁个唤呼?

歌队

首先是你自己,然后是所有痛恨埃吉索斯的人们。

厄勒克特拉

你的意思是,为我,也为你,我将开口祈祷?

歌队

你自己明白,心里清楚。

厄勒克特拉

还有谁人,你我可以视为同道?

歌队

115　别忘了奥瑞斯忒斯,尽管他远离房宫。

厄勒克特拉

说得好,你的提示真妙!

歌队

还要记住杀人的凶手,对付他们——

厄勒克特拉

我该怎么说?点拨我的无知,把我引导。

歌队

求盼某人,或某个神灵的归返,处理他们——

厄勒克特拉

你的意思是,作为审判者,还是作为复仇的一方? 120

歌队

你就说:"此君将把夺命的人们放倒。"

厄勒克特拉

在神明眼里,此番祈愿可以通过?

歌队

为何不能?惩击敌人,血对血的还报!

厄勒克特拉

强有力的使者,活动在天上、地下,
赫耳墨斯,冥土的王者,求你相帮:
召聚幽府的精灵——他们护卫 125
家父的房居——让他们倾听我的愿望;

亦请大地①亲自关注,她催生一切,使万物茁壮成长,
回收结出的果实,何其丰广。
这里,我尊祭死者,敬洒去邪的液浆,
130　呼唤父亲的魂灵,开口说话:怜悯我,
还有你的奥瑞斯忒斯——我们怎样才能
成为家院的主人?我们已被变卖,像似外出流浪,
被母亲换回一个汉子,作为侣伴,
埃吉索斯,助她行凶,把你谋杀。
135　眼下,我已是实际上的奴仆,奥瑞斯忒斯
远离丰足的家产,痛遭流放,而他们则
骄横跋扈,尽情挥霍你含辛茹苦积聚起来的家当。
愿你让奥瑞斯忒斯走运,回返家乡!
这是我的祈愿,父亲,你要听我说讲。
140　至于我,求你让我的心灵远比母亲的贞洁,
双手远为纯净、无瑕。
这些是我的祈愿,为我们自己,但对敌人,
父亲,我请求让报复者临来,让害你的
恶人被杀,那是他们应得的下场。
145　在两段祈愿美好的语句中间,我插入要求
惩报邪恶的心想。我的话只对他们说讲。
对于我们,请你把祝福带到世上;让大地
和无敌的正义②,让所有的神祇帮忙。

这些是我的祈祷,随同心愿我遍洒手中的酒浆。

---

① Caia(另见本剧 147、399 等处)。
② Dike。参考《阿伽门农》第 250 和 1604 行及相关注释。

现在，该由你等给他们铺缀敬表哀愁的鲜花， 150
悲歌一曲，赞慰死者的逝亡。

歌队

让眼泪流下，溅出水花，
像倒死的主人那样滴淌，
落洒这座坟堆，避邪护善，
冲刷该受诅咒的瘟染，这份倒出的祭奠 155
包含的愁殃。聆听吧，高贵的主人，
用你昏黑的心胸，听我说讲。
哦，痛苦；哦，灾难！
哦，让此君前来，善使长枪，
解救这座房宫，以他的力量， 160
那是决斗的战神①，手握斯库西亚
反弹的弓杆②，箭支嗖嗖作响，
挥动带把的刀剑，近战屠杀！

（厄勒克特拉凝视地面）

厄勒克特拉

你已接收祭奠，父亲，大地已吞咽这份酒浆。
啊，此事蹊跷，女伴们，与我分辨一番！ 165

---

① 阿瑞斯，此处象征解救宫居的强者。
② 斯库西亚人居住在黑海沿岸，可能在现在的乌克兰一带，弓马娴熟。
另参考《被绑的普罗米修斯》707–713 等处。

歌队

何事？快说。我的心儿已被吓得来回摇晃。

厄勒克特拉

在这墓顶之上,我眼见一绺头发。

歌队

谁的——是男人,还是某个束腰紧深的姑娘的置放？

厄勒克特拉

发丝上带有辨迹,谁都能够猜判。

歌队

如此,就让你的年轻成为我的老迈的师长。

厄勒克特拉

除了我,谁也不可能割下这绺头发。

歌队

另些个能做的人们全都怒满胸膛。

厄勒克特拉

然而,它和……这样相像。

歌队

像谁的头发？告诉我,此乃我的渴望。

厄勒克特拉

和我的头发一般,几乎没有两样。

歌队

许是奥瑞斯忒斯秘密置放?

厄勒克特拉

头发的卷路与我的极其相像。

歌队

然而他怎敢回来,怎能有这份胆量?

厄勒克特拉

他送来这绺头发,表示对家父的尊仰。 180

歌队

你的话更使我泪水流淌。你的
意思是,他再也不能脚踏这片土壤。

厄勒克特拉

痛苦的激流也把我的心灵扫荡,
仿佛有一柄利剑把胸口刺穿,
期盼冒涌的泪水抑制不住,冲出眼眶, 185
像冬天的暴雨滂沱直下,当我眼见
这绺头发。我怎能设想另有某个男人,
会割下这绺发丝,在城里住家?

她绝不会有此举动，是她把丈夫谋杀，
190　我的母亲，玷污名称的辉煌，
以渎神的凶恶瞄对自己的生养。
然而，我又怎能明确声称此乃他的秀发，
装点他的仪容，奥瑞斯忒斯，世间我最
心爱的人儿？哦，对我故作媚态的希望！
195　唉，但愿他是一位嗓音甜润的使者，会开口说话，
使我的心灵不致破碎，忍受纷繁，
告诉我，说得明明白白，甩掉这绺断发，
像扔破烂，倘若绞自一个令人厌恶的头上——
要么，有如一位兄弟，它能与我一起愁伤，
200　点饰父亲的坟墓，增添他的荣光。

我们对着神明呼唤，他们知晓我等被何样的
风暴推搡，像挣扎在惊涛中的船员。
不过，倘若我们能有幸抵岸，战胜海浪，
那么，一颗弱小的种子会催长参天的树干。
205　看呢，快瞧，地上的脚印复证我们的猜想，
相称的足迹，看来和我的一样。
这里有两行脚印，一行是他的，
另一行由他的伙伴踩踏。我已踩入他的
足印，脚跟的形状，还有脚趾与后跟间的
210　弓距和我踩出的印记如出一辙。
哦，这是对我的折磨，我的心智混沌迷惘！

（奥瑞斯忒斯从隐蔽处走出）

奥瑞斯忒斯

为将要发生的事情祈说;告诉神明
他们已实现你先前的求告。为我们的胜利祈祷。

厄勒克特拉

为了什么?冲着哪些恩惠,我已从神祇那里得到?

奥瑞斯忒斯

你已眼见一直企盼要见到的景状。 215

厄勒克特拉

你知道我在把哪个人唤召?

奥瑞斯忒斯

我知晓奥瑞斯忒斯,是他激荡着你的心窝。

厄勒克特拉

正是。然而回音在哪,对我的祈告?

奥瑞斯忒斯

我便是他。不要寻找比我对你更亲的同胞。

厄勒克特拉

难道这不是某种诡计,我说朋友,你要把我抓牢? 220

奥瑞斯提亚 | 109

奥瑞斯忒斯

如此,我将白费心机,自作自受。

厄勒克特拉

要不就是见我受难,你在取笑。

奥瑞斯忒斯

若是笑你,等于我在自嘲。

厄勒克特拉

你真是奥瑞斯忒斯?我能这样呼叫?

奥瑞斯忒斯

225 你见我站在面前,有血有肉,却迟于识晓。
然而,当你眼见这绺表示哀愁的发毛,
当你辨察我的脚印,你思绪
纷飞,以为已经把我见到。
你可把发绺放入割下的地方,
230 看看你兄弟的发丝如何吻合我的头脑。
再瞧这片织物,是你手工所作,
上面有劈砍的利刃,野兽的扑跃。
不,不,别这样,控制你的激动,不要欣喜若狂——
我知道咱俩的至亲把我们恨在心窝。

厄勒克特拉

235 哦,家父宫居里的宠儿,我最亲的至爱,拯救的种子,家院的希望,流泪的眼睛把你期盼——
夺回你父亲的宫居,坚信双手的力量!
哦,你的出现带来明媚的亮光;你是我四重热爱的对象。
我要称你父亲,那是命运使然;
我要给你爱心,本该由母亲欣享—— 240
我恨她,是她活该——还有那份
厚爱,对一位被无情祭杀的姐妹,如今也归在你的
  名下[①]。
你是我可以交心的兄弟,只有你可以为我
争回荣光。愿正义、力量,还有宙斯,
这第三位豪强,站助在你的身旁! 245

奥瑞斯忒斯

宙斯,宙斯,求你将我们的行动控掌!
瞧瞧可怜的幼鸟,失去雄鹰的关怀,那是
他们的父亲,被可恨的毒蛇缠卷,
死于盘虬的罗网,撇下他的孩儿,
揣着辘辘的饥肠,还不曾足长,得以将 250
猎获叼回窝巢,像父亲所做的那样。
看看我俩,我,还有可怜的厄勒克特拉,
站在这儿,失去亲爹的护养,
被赶出家门,本该属于他们的地方。
倘若你毁掉这对幼小——他们的父亲 255
给过你祭犒,对你热切崇仰——你从哪里再可寻找,

[①] 埃斯库罗斯的创作深受荷马史诗的影响。在《伊利亚特》6.429–430
里,安德洛玛刻称赫克托耳为她的父亲、母亲、兄弟和丈夫。

寻找这样的祭者，摆开丰盛的宴席，你有权领享？
假如践毁雄鹰的精血，你将难以
致送兆示，使凡人信仰；
260　此外，假如王室的树干糜烂，那么
在祭奠的日子，炉坛上将不再飘袅尊誉你的肉香。
照料它的成长：你能把一砖一瓦变成
高耸的楼厦，尽管如今是一派废芜的景象。

歌队

小声，孩子，乃父家居的救星，亲爱的孩子，
265　可别大声说话，免得有人听见，喜欢
鼓弄唇舌，把这一切告说在
当权者的耳旁——我盼望着看见他俩死亡，
被油脂包裹，被烈火烧化！

奥瑞斯忒斯

洛克希阿斯①强蛮的谕示不会把我撇下，
270　是他命嘱我要有胆量，把这件险事做完，
以他的神力呼喊，用冬日般冰冷的
灾难撞击我滚烫的胸膛，
唯恐我不报复谋害父亲的冤家。
他命我以他们的方式仇杀，
275　把被夺家产的痛苦化作公牛般的疯狂。
否则，他说，我自己将遭受惩罚，

---

① Loxias，指阿波罗，可能源出 legein（说）或 logos（说话者）；一说与 loxos 或 loxa（歧义，含糊，指谕言的不好理解）相关。

付出生命的代价,备尝种种愁殃。
他讲述邪毒的精灵,隐居地下①,
他们痛恨凡人,耿耿于怀;他讲说病灾的
侵伤,皮肤上的溃疡,粘住不放,   280
咀嚼完好的层面,用尖利的毒牙,
使其显示麻风的征兆,连片的白斑。
他还讲到其他方式,复仇的精灵
会用来击打,必然的成功得助于父亲的血浆。
地下被害的近亲放射黑箭②,   285
屈死的精魂呼喊申冤,
莫名其妙的惊怕在夜色里搅动,连同疯狂,
使活着的亲属清晰可见,眼珠在幽黑中回转,
身心痛受折磨,极度的烦躁使其难以入睡,
躯体遭受铜棍的鞭打,被赶离城邦,皮开肉绽。   290
这样的人无权参加祭典,染指缸碗,
不能手握酒杯,与朋友饮宴;父亲的
愤怒,虽不可见,禁阻他走向祭坛。
谁都不能留宿,谁也不能把他接进家院;
谁都唾弃,无人亲善,此君最终将与死亡结伴,   295
形容枯槁,骨瘦如柴,在惨死中缩成一团③。
对这样的谕言,难道我能不信,听过就算?
或许,即使拒绝听信,我也有待做的事情,必须实践。

---

① 指死者的魂灵或精魂(参考《阿伽门农》345–347)。
② 关于"箭"的比喻,另见本剧162, 380(比较184)。另参考本剧1033,《阿伽门农》364–365,《善好者》676。
③ 杀亲(即杀死亲人)者罪孽深重,身带血污,故而(在被净涤前)遭人嫌弃,谁也不愿与之接触。

众多的催促汇成一个企愿：
神的催嘱，悲悼和痛惜父亲的情感，
连同失去家产的苦闷，激励我向前，
还有我的国民，凡人中的豪杰，
以无畏的勇气把特洛伊荡翻，
实在不该听从一对女子的使唤：他长着妇人的
心肠——倘若非然，马上即会得到证验。

歌队

哦，强健的命运①，凭借宙斯的
意志，让此事实现；
让正义操持胜券！
对恶毒的话语，用恶毒的
话语还击——正义高声呼喊，
索要欠债：对致命的
击打，用致命的击打奉还；
做者必须受难②——
古老的告诫，把三代人通贯。

奥瑞斯忒斯

哦，父亲，不幸的父亲，我能用　　　　[前行 a
何样的言行与你通连，
从我站立的远点及达

---

① Moirai（单数 moira）。
② 比较《阿伽门农》1564。换言之，尽管"行动"受神的"指引"，但当事人仍须对自己的行为负责。

你长眠的地方，
用光明对比那里的黑暗？
不过，恸哭给家居增光，　　　　　　　　　　　320
给阿特柔斯的子孙，
有过昔日的辉煌。

歌队

烈火粗蛮的齿颚，　　　　　　　　　　[前行 b
我的孩子，不能
吞噬死者的精魂，　　　　　　　　　　　325
他会表示愤怒，在日后的时光。
有人死了，挽歌为他吟唱，
使凶杀者的罪恶昭彰。
悲悼的喊声表述正义，为死难的
前辈，为父亲歌唱，　　　　　　　　　　330
四处震响，紧追不放。

厄勒克特拉

聆听吧，哦，父亲，听听我们轮番的　　[回转 a
哀诉，伴随成串的眼泪哭响。
站立你的坟前，两个孩子寄情
悲歌，轸悼你的死亡。　　　　　　　　　335
你的坟冢是祈援者的避所，
保佑被流放者平安。
这里可有善好？何事得以摆脱悲伤？

我们能否搏胜灾亡[1]？

歌队

340　然而，神明会把我们的悲歌，
假如他愿意，变成欢乐的诗唱，
将墓前的哀曲升华，变为
贺胜的颂赞，在堂皇的宫居里
荡漾，欢迎一位失而复得的朋帮。

奥瑞斯忒斯

345　哦，但愿在伊利昂的　　　　　　　　　　[前行 c
墙下，父亲，你被鲁基亚
枪矛捅倒[2]，被人战杀，
传世不朽的英名，让宫居里的
孩子们分享，走在外头，
350　接受赞慕的眼光——
在那海外的远方，你睡躺
墓中，高高垒起的泥下，
轻托起我们的居家[3]。

歌队

被爱你的人挚爱，　　　　　　　　　　　[回转 b
355　在泥尘底下，统治

---

[1] ate。参考《阿伽门农》第 386 行。
[2] 在特洛伊战争中，鲁基亚人乃特洛伊人的盟军。
[3] 类似于本剧 345—353 的"愿望"也见之于荷马的《奥德赛》1.236—240（参考本剧第 242 行注）。

躺倒的英雄，他们死得荣光——你，王者，
权贵，坐霸一方，
只臣服于最高的权威，
冥府里的王家。
在活着的时候，你是人间的君王，　　　　　　　　　　360
统领各位豪强，手握权杖，
决定人们的生死存亡。

厄勒克特拉

不，父亲，你不应躺下，沿贴　　　　　　　　［回转 c
特洛伊的高墙；你也不该死去，
像成群被枪矛捅倒的兵壮，　　　　　　　　　　　365
睡居坟茔，在斯卡曼德罗斯①的河滩。
我愿想凶手被亲友所杀，
像他们害你时一样，
使来自远方的信息
报知他们的死亡，　　　　　　　　　　　　　　　370
不致让我们悲伤。

歌队

孩子，我的孩子，你在做梦，梦中可以随意想象，
黄金难比你的企望，还有
幸福的他们，安居北风吹不到的地方。

---

① 特洛伊地区的一条河流。

375　　但是，双条的长鞭已在击打[①]，
　　　地下的精灵加重它们的力量。
　　　当权的恶人受到诅咒，
　　　他们的双手肮脏。
　　　孩子们已把时局控掌！

奥瑞斯忒斯

380　　像一支深扎的箭镞，　　　　　　　　　　[前行 d
　　　此番呼声及达你的耳旁。
　　　宙斯，哦，宙斯，
　　　将毁灭从地下赶上，实施
　　　迟延的击打，为父亲复仇，
385　　砸碎妄为的双手，残忍的心肠。

歌队

　　　我愿纵情欢呼，高歌　　　　　　　　　　[前行 e
　　　胜利，对着被刺倒的男人，
　　　女人的被杀！
　　　为何抑隐心灵深处的恐慌，振摇
390　　灰暗的翅膀？扑击心灵的船头，
　　　苦涩的疾风吹卷愤怒，
　　　连同积聚的恨怨。

---

① 关于"长鞭已在击打"，比较《祈援女》108，《被绑的普罗米修斯》324；另参考《阿伽门农》1624。

厄勒克特拉

> 宙斯,你何时动用肩臂的力量,   [回转 d
> 拳砸他们,   395
> 把脑袋劈成两半?
> 哦,使信念重回国邦!
> 有人错恶,我要求把正义伸张。
> 聆听吧,大地,听见了吗,地下的君王!

歌队

> 此乃律法,永不改变,倾洒地上的   400
> 鲜血呼讨血的报偿。
> 谋杀哭喊复仇,后者
> 从先前被杀者的冤魂引出新的
> 毁灭,用灾难回报它所导致的灾亡。

奥瑞斯忒斯

> 听我说,你们,冥府的主宰,   [前行 f 405
> 看见了吗,被害者追捕的诅咒,
> 看看阿特柔斯残存的根苗,
> 处于困境,被赶离家门,无依无靠,
> 在屈辱中煎熬。哦,宙斯,我们的出路哪条?

歌队

> 耳听可怜的企盼,颤抖   [回转 e 410
> 再次撩拨我的心房。
> 你的话使我

奥瑞斯提亚 | 119

　　　　心胸乌黑，
　　　　听后陷入绝望。
415　　其后，希望归返，使我复又
　　　　获得力量，它驱除悲痛，
　　　　像闪烁在眼前的明光。

厄勒克特拉

　　　　何事更能触动，我们可以讲说，　　　　　[回转 f
　　　　赛比遭受的苦痛，从生养我们的双亲那里得到？
420　　所以，让她谄媚，但这不会产生功效，
　　　　我们已酷似饿狼，像它们的
　　　　娘亲一样心胸残暴。

歌队

　　　　我唱响阿里亚①的挽歌，击打前胸，　　　　[前行 g
　　　　以基希亚妇女的方式哭悼②，
425　　攥紧拳头，密密匝匝地狠揍，你可见视
　　　　我的双手，高高举起，自我摧捣，
　　　　上下挥舞，凶猛的捶击
　　　　响声回荡，几乎砸扁额角。

厄勒克特拉

　　　　悲哉，残酷！　　　　　　　　　　　　　[前行 h

---

① 波斯境内的一个地区。希罗多德认为，阿里亚是墨底斯的旧称。
② 基希亚位于波斯帝国境内的苏希安那。在古代，小亚细亚的妇女以悲恸的"剧烈"闻名（比较《祈援女》68–70）。

狠毒的母亲，竟至这样葬人， 430
使王者没有陪行的民众，
没有悲歌相送。你胆大
包天，草埋夫君，不予哭悼！

奥瑞斯忒斯

哦，你谈说对他的至辱，对我！ [前行 i
不过，凭靠神明助佑， 435
凭借我的双手，
她能不赔报父亲的耻辱——何须发愁？
让我抢夺她的性命，然后自己归终！

歌队

他死后惨遭切砍①，告诉你，这是什么感受！ [回转 i
此乃她的杰作，把乃父酷葬， 440
将他的死亡变作包袱，
极其沉重，压弯你的肩头。
你的父亲惨遭凌迟，你已听过，记住。

厄勒克特拉

家父被人毒杀，诚如你的说告。还有我， [回转 g 445
被他们撇在一边，受尽屈辱，像无用的
废物，仿佛我是一条邪恶的母狗，被关锁在阴暗的角落，
泪如泉涌，淹没了欢笑——那一天，

---

① 参考索福克勒斯《厄勒克特拉》444 以下。

我暗自哭泣,万分悲痛。
450　听罢我的怨诉,你要把它刻在心中。

歌队

让此番话钻入你的耳朵,　　　　　　　　　　[回转 h
但要坚强,保持平静,在你的心窝。
这是眼下的景况;将临的
事件,你要自己用心,急于知晓。
455　你要坚定,夺取胜利,绝不动摇。

奥瑞斯忒斯

父亲,我对你求告:和你所爱的人一道。　　　[前行 j

厄勒克特拉

泪流满面,我随他一起呼叫。

歌队

我们齐声说告,嗓音回传祈祷。
听着,听闻我们的愿望:回返
460　光明①,打击敌人,和我们一道!

奥瑞斯忒斯

战力②拼搏战力,对③与对的相撞!　　　　　[回转 j

---

① 比较《波斯人》629–639。
② Ares,"阿瑞斯"。
③ Dike,"公正"、"公道"。

厄勒克特拉

哦,神明,主持正义,助佑对的一方!

歌队

我的皮肤紧缩,耳闻他们的祈祷。
败亡的等待已旷日持久,
他们的呼唤会催它来到。 465
唉,家族的哀恼,传代的痛苦, [前行 k
溅血的击打,灾难
咬牙切齿,它在啸呼!
哦,哀号,悲痛,超出了限度——
病灾,你挑战所有的药物! 470

良方藏待家居之中,治得此般 [回转 k
痛楚,无法从室外
带入,别人不能帮助,
只有他们,自相残杀,血迹斑涂。
传给地下的神灵,这是我的唱诉。 475

哦,冥府的居者,你们享受祝福,
倾听我们的祈愿,提供现成的佑助,
使你们的孩子受到鼓舞,只胜不输①!

奥瑞斯忒斯

哦,父亲,你这样死去,没有王者的威风,

---

① 比较《波斯人》里阿托莎对大流士亡魂的呼唤(619–622)。

480　　　求你答应，答应我的祈祷，让我统掌你的王宫。

厄勒克特拉
　　我也一样，父亲，求你助佑：杀掉
　　埃吉索斯，不受罚处，全力击捅。

奥瑞斯忒斯
　　如此，人们会排设祭祀的礼仪，尊崇你的光荣；
　　否则，当烧烤的香烟四溢，让大地享受，
485　　你将得不到贡祭的份额，遭逢冷遇，在盛宴之中。

厄勒克特拉
　　同样，我会这样去做：从我足份的嫁妆，
　　分自父亲的房宫，敬洒对你的祭奠，在我婚走的时候。
　　你的墓地是我最尊仰的坟冢。

奥瑞斯忒斯
　　哦，大地，让家父出土，看视我的拼搏！

厄勒克特拉
490　　裴耳塞丰奈①，给我们光荣，让我们成功！

奥瑞斯忒斯
　　回想那次浴澡，父亲，你的性命被人豪夺。

---
① 黛墨忒耳的女儿，哀地斯的妻子（即冥府主宰者的王后）。

124　｜　译文经典

厄勒克特拉

回想他们的毒谋,那张不寻常的网套[1]。

奥瑞斯忒斯

你被逮住,父亲,像抓一头野兽,链铐并非铜匠所做。

厄勒克特拉

那片布篷,设计者的耻辱,将你蒙罩。

奥瑞斯忒斯

难道你还不曾醒来,父亲,听过这些激挑? 495

厄勒克特拉

难道还不曾抬起你最受敬爱的头颅!

奥瑞斯忒斯

遣送正义,为你亲爱的人们战斗;
抑或,让我们抟住[2]他们,像他们把你逮住。
他们把你丢甩,你就不想把他们抛出?

厄勒克特拉

父亲,听听我最后的疾呼, 500
看视你的幼雏,在墓边蜷缩:

---

[1] 参见《阿伽门农》1382。
[2] 埃斯库罗斯在剧中使用了一些摔跤术语(另参考本剧 339,866–868)。拳击中"三倒为胜"(参见《善好者》589)。

　　　　怜悯他们，不分性别，一个姑娘，一个小伙，
　　　　别让裴洛普斯①的家族断种。
　　　　如此，你虽死了，却仍然存活，
505　　因为孩子是死者获救的咽喉，
　　　　像浮托的软木，稳住下垂的网底，
　　　　不会沉落。
　　　　倾听我们的要求，我们为你祈说；
　　　　尊重此番话语，你为拯救自己听从。

歌队

510　　此番表述，虽说绵长，但有十足的理由，
　　　　尊仰这座坟墓，一个人的命运，未经哭愁。
　　　　剩下的只是行动。如今你已心存此意，
　　　　何不表明自己的运数，就此下手。

奥瑞斯忒斯

　　　　此事我们会做。然而我不是彷徨摆脱，
515　　只想问明她为何遣送祭奠，出于何样的
　　　　理由，做出过迟的举动，抵赎无法补救的罪祸。
　　　　这场抚慰邪毒，给没有知觉的
　　　　死者——我无法澄清其中的混浊。
　　　　这点奉祭微不足道，对犯下的恶错。
520　　即便倾囊抵赎放血的行动，
　　　　当事人亦将徒劳无功——此乃通行的谈说。

---

① 阿特柔斯和苏厄斯忒斯的父亲，阿伽门农和埃吉索斯的祖父。

解释此事，要是你知道，让我听过。

歌队

我知道，亲爱的孩子，作为在场的见证。
那个不虔诚的女人做了一场噩梦[①]，翻扰她的心头，
在漆黑的夜晚，被作怪的惊恐折磨，遭办此番祭酬。 525

奥瑞斯忒斯

你可知晓梦的内容，对我告说？

歌队

她说，是的，她说在梦中生下一条小蛇。

奥瑞斯忒斯

如何了结，怎样结束？

歌队

她让此物在襁褓中睡觉，像对婴儿。

奥瑞斯忒斯

他想讨吃什么，这头初生的妖魔？ 530

歌队

她自个给出乳房，其时还在梦中。

[①] 在荷马史诗里，神祇可差使梦幻给凡人致送兆示。比较《波斯人》176–199。

奥瑞斯忒斯

凶狠的蛇虫定会咬碎她的奶头,对不?

歌队

可不是,将乳汁和血水一起吮吞。

奥瑞斯忒斯

梦有所指,景象显示一个男人。

歌队

535 她从梦中惊醒,大叫一声,吓得直打哆嗦,
其时宫中点起火把,到处闪耀,
驱赶原先的黑暗,安抚女王的焦躁。
为此,她派送祭奠,洒予死者,
指望此举治病,酷似良药。

奥瑞斯忒斯

540 我对大地祈诉,对父亲的坟冢,
此梦托示我的出现,我会成功。
请听我的卜释,细节的吻合天衣无缝。
倘若小蛇与我共有一个出处,
倘若所用的包裹是我儿时的衫布,
545 倘若它的齿颌咬住我吸吮过的奶头,
倘若它混合娘亲的乳汁,用成股的血流,
使她在惊恐中尖啸,痛苦万分,
那么,正如哺喂了可怕的长虫,显示

预兆,她必将死去,死于横暴之中。
蛇乃我的化身。这,便是睡梦的宣称。 550

歌队

我择从你的卜释,对那场梦幻。让它如此
发生——但愿。眼下,你该排练你的朋帮,
谁个该做什么,谁个不做,无须奔忙。

奥瑞斯忒斯

此事简单,听我说讲。我姐必须进去,
严守机密,将我等商定之事隐藏。 555
正如他们用诡计毒害,把一个身份高贵的人
谋杀,他们也将被计囊蒙骗,是的,
死于同样的罗网,一如洛克希阿斯命嘱的那样,
阿波罗,王者,他的谕言以前从不出错,不带虚假。
凭靠齐全的"装备",扮取外邦人的形象, 560
我将走向宫居的外门,让普拉德斯随同近旁,
此君你已眼见,在此,我家的挚友、朋帮。
我们会讲用帕耳那希亚方言①,
模仿福基斯②人的腔调说话。
假如看守不甚热心,顶住不放, 565
声称宫居受到祸灾的侵伤,
我们将站等一旁,直至过往的市民异诧,
眼见我俩被拒之门外,开口问话:

---

① 即帕耳那索斯山(德尔菲神庙所在地,位于希腊中部)一带的方言。
② 位于希腊中部,参见本页注①。

"埃吉索斯为何不让祈援者进去,
倘若此刻在家,知有客访?"
然而,当我跨过外门的条槛,
眼见那人坐身王位,本该由家父欣享,
抑或,倘若他走来,和我碰上,
抬起眼睛,嘿,它会转下——那时候,
不等他说出"陌生人,来自何方?"
我捅出利剑,把他杀翻,闪电一样。
如此,复仇的精灵从来没有饥饿的恐慌,
将三度开怀,痛饮不掺水的血浆!

(对厄勒克特拉)

现在,你,厄勒克特拉,要密切注视屋里的
变化,做到内外配合,实施我们的计划。

(对歌队)

你等女子,我说,不能随便讲话,
该静就静,只在需要之时开口,配合情势的发展。
其余的事情我求阿波罗帮忙,关注
我的行动,指引我剑劈的方向。

(奥瑞斯忒斯、普拉德斯和厄勒克特拉下)

歌队

恐怖，战栗，大地的生养，   [前行 a   585
无有穷尽的惧畏，
大海卷起波澜，怀抱成群
生吞活剥的怪虐，
火光在高空闪现，
悬挂在天地之间。   590
飞禽、走兽，活动在地面，
亦能告示风暴的来临，
骤风的威烈。

但是，谁能告知男人的意志，   [回转 a
它的粗野，告知   595
女人的顽固，过火的激情
在心胸里荡开，
与凡人的痛苦交配？
女性的狂烈，暴虐的
爱情砸碎婚联的
阻挡，挣脱温暖、昏黑的   600
拥抱，使凡人，亦使野兽受害。

倘若此君的思绪不致轻飞，   [前行 b
他会从一个女人的作为中汲取
教益：阿尔塞娅，塞斯丢斯[①]

[①] 或塞斯提俄斯（Thestios），传说中阿瑞斯（一说阿吉诺耳）之子。

奥瑞斯提亚 | 131

605　　冷酷无情的女儿,残杀亲生的儿子[①],
　　　有意识地丢甩烧焦的木块,血红一片,
　　　此物与儿郎同龄,从他
　　　钻出母亲的子宫,
　　　大声哭叫的瞬间,
610　　和他的命脉共存,同在,
　　　直到注定要死的一天。

　　　传说中还有一位,一位　　　　　　　　　[回转 b
　　　嗜血的少女[②],
615　　让人恨厌,
　　　杀死亲人,为仇敌效力,被一条项链
　　　勾引,铸自克里特的黄金,
　　　米诺斯用它贿赂,收买此女的人心。
　　　她割下尼索斯得以长生的发丝,
620　　趁他酣睡之际,不加防备,
　　　口中吐喘静谧。不要脸的东西[③],
　　　已被赫耳墨斯逮去。

　　　我说了这些,过去的　　　　　　　　　　[前行 c

[①] 即英雄墨勒阿格罗斯。据说墨氏出生时,命运告知阿尔塞娅,她儿子的生命将与炉膛里一块燃烧的木头"同归于尽"。阿尔塞娅于是捡出木块,贴胸藏起。墨勒阿格罗斯长大成人,在围猎卡鲁冬大熊时误杀母亲的兄弟,阿尔塞娅悲愤交加,遂将木块扔向火堆(等于亲手处死了儿子)。
[②] 指麦加拉国王尼索斯的女儿(斯库拉)。克里特国王米诺斯率军围攻麦加拉,斯库拉接受贿赂(一说出于对米诺斯的爱情),割下父亲头上的"命根子"——一绺红色(或紫色)的头发。
[③] 或"长着狗心的东西"(比较《祈援女》758)。

残酷、险恶、联想那场婚姻，
没有爱情，使家居遭难，　　　　　　　　　　625
一场阴谋，由妻子定设，
针对丈夫①，后者能征善战，
使敌人敬畏、胆怯。
我尊仰家里的炉坛，不被激情烧燃，
尊仰女人的心胸，应在放胆的行为前后退。　　630
传说中的浊恶，以莱姆诺斯女子的行动②　　[回转 c
为最，从来令人悲叹，邪毒，
可恨至极，使男人把所有的烦恼
比作莱姆诺斯的灾虐。
她们铸下错恶，让神明恨怨，　　　　　　　635
种族于是灭绝，不光不彩，销声匿迹。
凡是受神厌弃的事物凡人不会尊敬。
这些故事，请问，哪一个说得不甚贴切？

锋快的长剑寒光闪烁③，直指肺叶，　　　　[前行 d
它会撕开豁口，深扎进去，听从　　　　　　640
正义的指令。错恶的举动
未被踩灭，陷入泥地，
尽管有人作孽，侵犯宙斯的权威。　　　　　645
正义的砧台稳稳站立，　　　　　　　　　　[回转 d
命运的匠力已砸出利剑。

---

① 指阿伽门农。
② 据传出于对色雷斯女仆的妒忌，莱姆诺斯女子杀死了她们的丈夫。
　莱姆诺斯是爱琴海东北部的一个岛屿。
③ 参考并比较本剧第 285 行注。

为了荣誉，从沉思中走来，
650　　复仇①带回一个儿男，
清洗污秽，久玷的血迹。

　　　　　　　　　　（奥瑞斯忒斯领普拉德斯上）

奥瑞斯忒斯

门房！门房！你可听见我把大门敲响？
谁在里头，我再喊一遍——门房，门房！
655　　此乃第三遍呼叫，我要人走出厅堂，
假如埃吉索斯有意，宫居欢迎友好的客访。

仆人（从台后）

听见了，我已听闻呼喊，陌生的客人，你来自何方？

奥瑞斯忒斯

传话我的来到，告知你的主人，住在宫房。
我之过来，为找他们，带着信息，讲说在他们耳旁。
660　　快去！没看见黑夜的马车正在疾驰，朝着昏暗，
已是赶路者抛锚的时光，
落脚某处店堂，接待客旅的地方。
传告房居中当家的出来，
女主人可以，镇管的男子更好，可以直截了当，

---

① "乌黑的"复仇亦是正义（dike，themis）的护卫（参阅《善好者》508—565）。古希腊悲剧强调的是"对与对的抗争"。另参考《阿伽门农》第 1604 行注。

无须客套，使词义捉起迷藏。 665
男人对男人说话干脆，语句豪放，
不喜拐弯抹角，但求意思明朗。

（克鲁泰墨斯特拉上）

克鲁泰墨斯特拉
我这儿有求必应，朋友们，只需说出你们的心想，
屋里一应俱全，在我们这样的人家；
有洗澡的热水，舒怡的睡床，将疲乏 670
抹去，恭谨的眼睛注视着房梁。
不过，倘若为了别的什么，需要认真谈商，
那是男人的事情，我会让他们出来接洽。

奥瑞斯忒斯
我乃福基斯生客。道利亚是我的家乡。
背着行李，为了私事，我出门前往 675
阿耳戈斯地方，眼下来到，把双脚停下。
那天，我曾遇见一位生人，互不相识，他与我
攀谈，问我此行何往，把这番话语说讲。
他叫斯特罗菲俄斯[①]，从谈话中得知，我的福基斯老乡，
对我说话："朋友，既然你去阿耳戈斯，不管怎样， 680
记住了，可别把这件要事遗忘，告诉他的双亲，
奥瑞斯忒斯已经死亡。别忘了，切记心上。

---

① 比较《阿伽门农》880。

问明他的亲友,是打算把他运回,
　　还是就地埋葬,在他居住的异乡,
685　长眠外邦——回告我他们的要求,取用的做法。
　　他已接受深情的哭悼,骨灰已被
　　殓装,青铜的瓮罐宛如壁墙。"
　　我就知晓这些,已对你说讲。但不知
　　听话的对方是否有权处置,是否与
690　此事相关。他的家长应该知晓,我想。

克鲁泰墨斯特拉

　　哦!唉!你的话把我们彻底掀翻!
　　哦,粘连宫居的诅咒,无法扳倒,
　　你的眼睛看视遥远的前方!对远避损伤的
　　事物,你用致命的羽箭射下,
695　使我痛失所有的挚爱,在苦难中挣扎。
　　现在,连奥瑞斯忒斯也撒手人寰——他曾被
　　仔细叮嘱,将双脚避离死的潭浆。
　　然而,如今过去的希望,曾是宫居里的药物,
　　镇治美妙的狂欢——你已记载它的离去,不再还家!

奥瑞斯忒斯

700　我愿想——对你们这样康达的东家——
　　被人告知善好的消息,以便
　　领受接待,它的甜香。还有什么感觉
　　更妙,赛比主客间的情谊深长?
　　不过,那将是一种失职,一种亵渎,

假如我不把此讯，如此重要，告诉他的 705
朋伴，接受承诺的制约，连同客谊的规范。

克鲁泰墨斯特拉
没关系，这不会影响。我们的接待既不会低于你该得的
欣享，也不会低于对其他朋友，光临我家。
你不来，别人也会传话，结果一样。
出门人风尘仆仆，整天走在路上， 710
眼下已是宽衣解带，享受休息的时光。

（对侍从）

引着这位客人，他的朋伴，连同
随从，前往家居里男宾住宿的厢房。
去吧，侍候在客人身旁，用符合我家门面的
规格——小心，此事由你负责担当。 715
与此同时，我们会把事情报知
主人，与众多的朋友磋商，
围绕这则急人的消息，可能产生的影响。

（除歌队外，所有人物下）

歌队
唉，忠诚的帮手，宫居里的女仆，
何时可用我们的双唇，显示 720
话语的力量，为奥瑞斯忒斯服务？

哦，神圣的大地，神圣的泥土，
你高高隆起，覆盖舰队的统帅，
掩埋王者的躯骨——
725 请你聆听，求你帮助！
眼下已是时候，善用狡黠，劝说进场拼搏[①]
与赫耳墨斯联手，他出入昏暗的
冥府，控掌利剑的
劈刺，在血肉中飞舞。

730 新来的客人，我想，正在行凶动武。
啊，她来了，含着眼泪，奥瑞斯忒斯年迈的保姆。

（契莉莎上）

哪里去，契莉莎，穿走官居的大门，
带着悲愁，你的无须雇用的伴从？

契莉莎

女人命我"赶快，将埃吉索斯召唤，
735 与生客会面，以便让他听判，
男人对男人，更能弄个明白，关于
那则消息，我等刚才听完"。她佯装
悲哀，在仆人面前，掩饰眼神里的喜悦，
对已经发生之事感到心欢，

---

① 参考本剧第498行注。关于劝说，另参考《祈援女》1039，《阿伽门农》385，《善好者》885。

尽管对这座家居，生客的传话 740
一清二楚，意味着诅咒的彻底实现。
至于埃吉索斯，我敢说，听过这个故事，
他会狂欢。哦，不幸的我呀，遭受悲难！
过去的苦痛，纠集盘缠，无法忍耐，
发生在阿特柔斯的家院， 745
把我胸中的心窝绞剜。
然而，我却从未遭受击打，胜似此番。
我曾坚忍其他凶害，以足够的刚强，
但这回，奥瑞斯忒斯，我的宝贝，我为你操碎了
心肝！我从他母亲手中抱过新生的婴孩，精心抚养， 750
长夜难眠，急切的哭声催我一次次起床；
众多的杂事要我料理，如今泡影一场。
婴儿好比动物，不会思想，需要大人
喂养，不是吗，看察他所表现的动向。
襁褓里的孩子不会说话，不会告知 755
口渴，饿得心慌，或需要消泻鼓胀的
膀胱——它们自行其是，孩子幼小的内脏。
我必须仔细预察，然而，不怕你笑话，
还是一次次错过，只能换洗他的衣衫，
既当保姆，又司浣洗，我身兼两样。 760
我掌握这两项技能，所以，
奥瑞斯忒斯的父亲把孩子交给我看养①。
现在，不幸的我呀，听说他已死亡——

---

① 比较福伊尼科斯有关看养阿喀琉斯的叙述（《伊利亚特》9.485–495）。

女主人要我传呼那个男子，此君使家居
765 遭殃，听罢此事，他会欣喜若狂。

歌队
女人叫他过来，带备武装？

契莉莎
武装？我不明白。再说一遍无妨？

歌队
他将单身过来，还是率领随员？

契莉莎
他说要带武装的保镖，保卫他的安全。

歌队
770 不，倘若痛恨主人，你不能这样说讲。
但请他过来，要快，尽可能快点，让欢乐充填
他的心怀，使他不致惊惶。
信使的嘴巴可以挺直弯曲的传话。

契莉莎
怎么，这则消息——使你心欢？

歌队
775 或许：倘若宙斯使恶风变善。

契莉莎

不会吧?奥瑞斯忒斯,宫居的希望,已经不在。

歌队

并非尽然。他乃蹩脚的卜者,倘若告说此番预言。

契莉莎

什么意思?你还知道什么,除此以外?

歌队

去吧,传送信息,按照嘱咐操办。
神明会关注他们关注的所有事件。 780

契莉莎

我这就走,按你们的吩咐去办。
保佑我们,神明,愿一切都有最好的报现。

(契莉莎下)

歌队

宙斯,求你兑现我的祈祷, [前行 a
你,俄林波斯众神的父亲,
答应让他们走运,他们为之拼搏, 785
眼见目标实现,规导有序的生活。
我的话句句有真理凭靠。
哦,宙斯,求你护保。

	宙斯，宙斯，让他站挺	[插段 a
790	房宫，站对仇凶。	
	倘若你让他昌达，他会	
	两倍、三倍地回报，	
	喜笑在心中。	

	想想你钟爱的强人，他的马驹	[回转 a
795	如今在轭架里挣扎，	
	拉起痛苦的车套。控掌他的速度，	
	他的扑跃，让我们眼见他	
	在绳缰的节制下迅跑，	
	沿着车道，及达目标。	

800	你们，住在家居深处，	[前行 b
	丰足的财富使它显耀，	
	听着，同情我们的神明：	
	终结过去的所做，	
	用新的举措冲洗旧时的血膏。	
805	让宫居里年迈的屠杀断绝香火。	

	还有你，拥占深广的岩洞，	[插段 b
	宏伟，绚美的凿工——愿你让此人的家居	
	抬头，兴高采烈，	
	透过昏暗的薄纱，	
810	喜看闪亮的自由，光彩夺目。	

请迈娅的儿子①帮忙,按照权益的规导, [回转 b
吹鼓行动,送来长风的佳好——
只要愿意,他能做到。
[许多别的事情,内容神秘,他能揭晓。] 815
他说话离奇,让人难悉堂奥:
夜里,黑暗蒙住我们的眼睛,
白天,他的言辞同样使我们莫名其妙。
终于,我们将唱响歌调, [前行 c
庆贺宫居的救获,亮开 820
女人的歌喉,让和风吹飘,
不是悲苦的哀诉,尖声哭号,
而是"海船乘风破浪"——我们的欢叫。
我的进益,我的收获在此堆垛—— 825
毁灭远离他们,远离我所挚爱的同胞。

当你的时机来到,你要凭恃刚勇, [插段 c
高呼"父亲",果敢行动,
在她哭叫"孩子"的时候,
火速了结这次无罪的行凶。 830

敞开你的胸怀, [回转 c
奋发裴耳修斯②的精神,

---

① 指赫耳墨斯,宙斯和迈娅的儿子。
② 在古希腊神话里,裴耳修斯是宙斯和黛娜之子,曾斩杀一般人无法看视(看后会变作石头)的墨杜莎(一位戈耳工,参考《被绑的普罗米修斯》第 799 行注)。

奥瑞斯提亚 | 143

　　　　为了地下的人们，你所钟爱的
　　　　死人，为了地上的亲朋，满足
835　　他们的激情，舒泻刻骨的仇恨——
　　　　制造血案，让灾虐横生，不出家门；
　　　　诛杀此人，身上涂留凶手的瘢痕。

（埃吉索斯上）

埃吉索斯

　　　　我被人请来，接受一位信使的召唤，
　　　　说是有生客在此，刚来造访，
840　　传报的消息，使人难以欣欢：
　　　　奥瑞斯忒斯的死亡。对这座宫房，
　　　　新的重负会把旧有的伤痛挤压，
　　　　早已发炎、糜烂，使其变本加厉，脓血滴淌。
　　　　然而，我将如何评估——把它当作逼真的
845　　传话？抑或，消息出自误会，女人的惊恐
　　　　把它捧到天上，然后落下，徒劳一场？
　　　　能否说说你的看法，帮我澄清心想？

歌队

　　　　是的，我们已听过传话。不过
　　　　你可进去，听闻生客叙讲。信使的话不甚确切，
850　　比之面对面的询问，来访者的亲口回答。

埃吉索斯

 我要仔细诘问,让信使说讲,
弄清他是当场目击那人的死亡,
还是道听途说,以讹传讹——
他不能骗我,我心灵的眼睛雪亮。

(埃吉索斯下)

歌队

 哦,宙斯,宙斯,我能说些什么?   855
如何起始,祷请神明帮忙?
我心存善好,那是我的愿望,
然而如何结合需要,怎样说讲?
刀剑沾血的锋刃杀人害命,
即将飞扬,要么干净、   860
彻底荡毁
阿伽门农的宫房,
要么点燃一束火花,让自由闪光,
奥瑞斯忒斯将夺回王权,
夺回父亲丰广的财产。   865
面对严峻的情势,挑战者奥瑞斯忒斯
即将登场,以神明作为榜样,
准备角斗①,一个对俩。愿他成为胜家!

---

① 参见本剧第498行注。

(宫内传出一声惨叫)

歌队

870 听啊,屋里传出的声响!
然而,事情怎样?宫居里何样景况?
我们不要插手,直到一切做完——
不要被划归卷入其中,此事如此肮脏。
听啊,打斗已经结束,事态已趋明朗。

(埃吉索斯的一位仆从上)

仆人

875 哦,痛苦,悲伤!我们的主人遭殃!
苦哇,哭声,第三回震响——
悲惨,埃吉索斯被杀!开门,
赶快,以最快的速度打开女人的住房!
眼下需要一条强健的臂膀,不为助佑
880 死人——他已被杀,何苦帮忙?
唉,嗬!
我在对聋子讲话?徒劳无益,
对昏睡的人叫喊,空忙一场?克鲁泰墨斯特拉
此刻在哪?在穷忙哪桩?她的脖子已
感觉剃刀的锋芒,摇摇欲坠,承受击打。

(克鲁泰墨斯特拉上)

克鲁泰墨斯特拉

为何叫唤？为何在宫居里呼喊帮忙？ 885

仆人

告诉你，死人把活人斩杀。

克鲁泰墨斯特拉

哦，祸灾！你说的是谜语，但我能猜。
我们用骗术杀人，我们将受骗被害。
去个人，要快，把搏战的斧斤拿来！
谁赢，谁个完蛋，让我们看看！ 890
我们已走到此地，伴随这场邪恶的拼战。

（大门敞开，展现埃吉索斯的尸躯；
奥瑞斯忒斯及普拉德斯手持利剑，站立）

奥瑞斯忒斯

我正要找你。这家伙已得足份的报偿。

克鲁泰墨斯特拉

苦哇，强健的埃吉索斯，亲爱的，你已遭难！

奥瑞斯忒斯

你爱此人？那好，你将与他同穴
随伴：虽然死了，以示你钟情不变。 895

克鲁泰墨斯特拉

且慢,我的孩子。饶了我,儿啊,你曾一次次地
偎贴在这峰乳前①,睡眼蒙眬,用柔软的牙床
吸吮我的奶汁,使你强健!

奥瑞斯忒斯

我该怎么办,普拉德斯?心慈手软,不敢把母亲杀害?

普拉德斯

900　　如此,洛克希阿斯的谕言咋办,告示
在普索的坛前,还有我们的承诺,信誓旦旦?
宁可把全人类当作敌仇,也不能和神明闹翻。

奥瑞斯忒斯

说得好,你赢了——这是我的判断。

　　　　　　　　　　　　　　　（对克鲁泰墨斯特拉）

过来,去那,我要把你杀倒在他的身边。
905　　此人在世,你以为他比我父亲气派:
去吧,死在他的身旁,一起睡眠,既然
他是你的所爱,而你痛恨那位男子,本该爱慕。

---

① 赫库贝曾以出示乳房恳求儿子赫克托耳退回城里(以免被阿喀琉斯击杀,参考《伊利亚特》22.82–85)。

克鲁泰墨斯特拉

是我把我养大,可否把你当作老年的依赖?

奥瑞斯忒斯

什么?你杀死我的亲爹,倒想与我在宫中为伴?

克鲁泰墨斯特拉

命运①该负一定的责任,我的儿男。 910

奥瑞斯忒斯

如此,命运要你死亡,此乃她的安排。

克鲁泰墨斯特拉

母亲有自己的诅咒②,孩子,你可知它的厉害?

奥瑞斯忒斯

母亲?你把我生下,但你让我受罪,把我丢弃,抛开。

克鲁泰墨斯特拉

我把你送往朋友的家院,何谈抛开?

---

① Moira,带有"不可抗拒"之意,克鲁泰墨斯特拉试图以此部分地开脱自己的责任(比较《阿伽门农》1658)。除了受外力(比如神力)的逼迫,当事人有时不得不除外(moira 亦含"份额"之意),"做者"必须负责,为自己的过错付出代价——"智慧来自痛苦的煎熬"(《阿伽门农》177,另参考《善好者》281)。当然,这种"代价"常常意味着死亡。
② 比较本剧第 406 和 692 行等处。

奥瑞斯提亚 | 149

奥瑞斯忒斯

915　　我是一个自由人的儿男,你把我变卖。

克鲁泰墨斯特拉

变卖?我收过何样的价钱?

奥瑞斯忒斯

我知道,但当众说讲不甚体面。

克鲁泰墨斯特拉

说吧,同时也讲讲你父亲的愚蛮。

奥瑞斯忒斯

他不受责怪。你闲坐家里,他在外遭难。

克鲁泰墨斯特拉

920　　丈夫不在,我的孩子,是对女人的伤害。

奥瑞斯忒斯

哦,是吗?但男人的艰辛使女人得以坐居家院。

克鲁泰墨斯特拉

看来,孩子,你是决意要把娘亲杀害。

奥瑞斯忒斯

非也。不是我,是你,你是自我残杀的罪犯。

克鲁泰墨斯特拉

小心母亲的诅咒,像恶狗一样把你追赶!

奥瑞斯忒斯

此事不做,我将如何躲避父亲的诅咒、责难? 925

克鲁泰墨斯特拉

我感觉自己,一个活人,已在坟前徒然悲戚,泪水流涟。

奥瑞斯忒斯

是的,父亲的命运昭示你末日的临来。

克鲁泰墨斯特拉

你便是那条毒蛇,我把它生下,给它喂奶!

奥瑞斯忒斯

正是。你的噩梦看得真切,那是一位卜占。
你的屠杀荒诞,所以死于同样的不该! 930

(奥瑞斯忒斯剑逼克鲁泰墨斯特拉
　　　　退入宫房,普拉德斯跟进)

歌队

我为,是的,甚至为他俩的躺倒感到悲哀。
不过,既然奥瑞斯忒斯历经磨难,最终
及达中止这场血案的顶点,我们宁愿让事情这般——

房居的眼睛^①不能全闭，必须睁开。

935　正义的报复最终到来，没有放过普里阿摩斯　　［前行a
　　和他的儿男^②，给予凶狠的打击。
　　同样，一头双身的狮子，双倍的屠杀，
　　闯入阿伽门农的家院，
　　普索的谕示激励流放者
940　将复仇的利剑刺向极限，
　　接受神的指引，豪健，一往无前。

　　高声叫喊，庆贺胜利，我们主人的宫居　　　　［插段a
　　挣脱了愁灾，不再让一对被血污
　　脏浊的恶人靡耗财产，
945　与悲伤的命运绝缘！

　　他已回来，从事的工作需要狡黠，　　　　　　［回转a
　　偷偷摸摸，实施攻击，打斗中
　　双手接受她的指点，她，
　　宙斯的女儿，千真万确，我们称之为正义^③，
950　凡人呼唤她的名字，叫得何其贴切。
　　她的呼喘喷吐愤怒，使敌人死亡，遭灾^④。
　　拥占帕耳那索斯的山界，洛克希阿斯的啸喊　　［前行b
　　从空旷、深壑的岩洞里传来，响亮、尖利，

---

① 比较《波斯人》169–170。
② 包括赫克托耳。
③ 参考赫西俄德《神谱》902。
④ 比较《奠酒人》137–139。

如今用包含诡诈而又不是诡诈的手段, 955
回击凶邪, 对付几代相传的顽疾。
神的话语会增强它的豪力,
使我们不致屈从于恶虐。
此举妥帖, 听从它的治统, 服从神灵。 960

看呢, 亮光已经闪现, 酷戾的　　　　　　　[插段 b
嚼口, 痛掐家居, 已被除开。
站起来吧, 获释的家院! 你已
过久俯伏, 被打翻在地。

时间消弭一切——它会当即行动, 穿走　　[回转 b 965
宫居的门面, 当净涤的祭仪清扫
所有的污浊, 将罪虐赶出门外。
命运的骰石会再一次掷开,
展现美好的落点,
笑迎新来的居者, 970
成为家院的主宰。

看呢, 亮光已经闪现, 酷戾的　　　　　　　[插段 b
嚼口, 痛掐家居, 已被除开。
站起来吧, 获释的家院! 你已
过久俯伏, 被打翻在地。

(宫门敞开; 奥瑞斯忒斯和普拉德斯站临克鲁泰墨斯特拉和
　埃吉索斯的尸躯; 随从展示杀害阿伽门农时所用的袍衫)

奥瑞斯提亚 | 153

奥瑞斯忒斯

看看这对暴君,糟践我们的国邦,
杀死我的父亲,劫扫我的宫房!
975　　他俩曾身居宝座,得意洋洋,
今天依旧恋人成双;你可根据结局
判断,他们的誓咒没有走样。
他俩发誓杀害我不幸的亲爹,
发誓死在一道——如今,他们没有空口白话。
980　　再请看看,你等观众,见过这场灾难,
看看他们的设计,套住我的父亲,真惨,
手被铐住,双脚被紧紧裹上。
把衫袍抖开,围站在我的身旁,
展示这件家什,它把活人罩网,以便让父亲,
985　　不是我的阿爸,而是太阳①,无所不见的君王,
看视我母亲的"杰作",渎神的毒杀,
从而在我被审的那天
见证我的正当:我开出杀戒,
甚至让母亲死亡。至于埃吉索斯,我却不以为然,
990　　他死于诱奸,触犯律法②。
然而她,她恶谋死亡,把丈夫害杀,
虽曾孕受他的孩子,甸挺在腰带以下,
一种重负,曾经爱过,现在却表明仇恨满腔。
你以为她是什么?——她是一条水蛇,一种蛇蝎,
995　　十分可怕,只消碰触即可使皮肉腐烂,无须毒牙帮忙,

---

① 指赫利俄斯。
② 在雅典,杀死奸夫不算严格意义上的犯罪。

译文经典

以她的残忍、凶蛮，收聚在心房。

还有这东西，我将怎样称它，
无论多会说话？称之为捕兽的陷阱[①]，
裹尸的布匹，或是澡池[②]的遮挡？
不，它是一张猎网[③]，你可称之为衫袍[④]，缠住人的腿脚　　1000
不放。或许，某个强盗会有此物，便于劫抢，
逮获赶路的行人，搜剥钱财，作为
行当。凭据狡诈，这种手段，他谋财害命，
杀人如麻，愉悦自己的心房。

但愿我不致娶下这样的女人，同居一堂。　　1005
与其如此，倒不如断子绝孙，让神明先把我诛杀！

歌队

哦，痛哉，悲苦的击打！
那是她的终结，死得凄惨。
哦，哀哉，存者将摘取苦涩的鲜花。

奥瑞斯忒斯

是她的错恶，还是蒙受冤枉？我的证据　　1010
是这领袍衫，被埃吉索斯的铁剑透染，
瞧这斑斑血迹，配合消逝的时光，

---

① 参见《阿伽门农》1048。
② 同上，1540。
③ 同上，1115。
④ 同上，1126，1581。

奥瑞斯提亚　|　155

糟践精美的织物，使滚动的色泽失去丰华。
现在，我可以把他颂扬，站立此地，痛表悲伤，
在衫袍前述说，它曾把家父害杀——
然而，我为此事痛惜，为死难和整个家族的愁殃。
我赢了，但我的胜利也是瘟浊，不配赞赏。

歌队

凡人中谁也不能一生平安，
没有痛苦，不受损伤。
唉，唉，
今天的哀愁，明日的苦难！

奥瑞斯忒斯

我要让你知道，我不知此事的终点何方。
我像一位车手，让赛马闯离跑道，
我的心智已被扭伤，迷迷糊糊，难以控掌。
在我的胸腔，恐惧踏踩
愤怒的音步，即将起舞、歌唱。
不过，趁着还能感觉，我要对朋友们
说讲，并非没有理由，我杀死亲娘：
她谋害我的父亲，被神灵愤恨，受腥血污染。
至于驱怂的缠迷，使我能有那份胆量，
我要首推洛克希阿斯，普索的先知，
他宣称我可当事，不会因错恶受到惩罚，
但若躲避，随之而来的后果我不便说讲——
那种既高且烈的痛苦没有哪把弯弓能够射达。

现在，我要你看着，看我用枝条与
花环打扮①，一个祈求者，前往那方石块， 1035
在大地中央，阿波罗的神庙，高高在上，
里面有一束神奇的明火，透亮，和日月一样久长。
我将逃离此地，背着血债：洛克希阿斯
命我不去别的庙宇，只有那里的炉坛。
我要阿耳戈斯人，所有后代的子民， 1040
见证这些作为，它们的凶残。
我将出走，离开国土，开始浪者的生涯，
无论死活，留下这段既往。

歌队

不，你的所作正当。所以，别用不吉利的
言辞拴捆舌头，别让双唇粘贴邪恶—— 1045
你解放了整片阿耳戈斯地方，砍下
两条蛇精的脑袋，用一记干净利落的击打。

奥瑞斯忒斯

不，不，可怕！
女仆们，可曾看见，像戈耳工一样②，
来者身穿黑袍，头上成团的巨蟒
在爬。不，我不能再待留这个地方。 1050

---

① 参考《祈援女》21–22，《奠酒人》35，43–45。
② 复仇精灵并未出场，仅为奥瑞斯忒斯想象"看见"。关于戈耳工，参见《被绑的普罗米修斯》第799行注。

歌队

奥瑞斯忒斯，父亲最心爱的儿郎，为何癫烦，
是什么胡思乱想？坚强些，不要屈从于惊怕。

奥瑞斯忒斯

这不是虚假，出于胡思乱想。它们是真的，就在
我身旁：追捕的犬狗，送来母亲的仇恨满腔。

歌队

1055　是你手上未干的鲜血，它的
冲击使你神态失常。

奥瑞斯忒斯

哦，王者阿波罗，帮忙！她们来了，
现在，成群结队，双眼滴血，十分可怕！

歌队

有一良方可使你净化：那是洛克希阿斯的
1060　点触，为你解除苦难。

奥瑞斯忒斯

你们不能眼见，而我却看到来者成帮。
我已被逐赶，不能再待留这个地方！

（奥瑞斯忒斯急下）

歌队

  如此,让好运与你同往:愿神明看视、关注,
  伴随厚爱,保护你,安排良好的境况。

  又一次临来,第三度吹刮,   1065
  家族的风暴横扫王者的
  宫房,按照既定的方向。
  最初是孩子被杀,吞入肚肠,
  将苏厄斯忒斯①的诅咒引发;
  接着是一位王者被杀,   1070
  阿开亚全军的统帅②,
  惨遭谋害,死于浴汤。
  眼下,这第三者来了,一位救星③——
  抑或,我该称其为死亡?
  它会在哪里终止、停下,何时接受抚慰,   1075
  心平气和——它,命运的狂怒,何时进入梦乡?

              (歌队离场)

---

① 阿特柔斯的兄弟,埃吉索斯的父亲。参考《阿伽门农》1242。
② 指阿伽门农,进兵特洛伊的阿开亚联军的统帅。
③ 指宙斯。宙斯被誉为"救星"(即"拯救者"),另见《阿伽门农》247,《善好者》760。

善好者

人物

普希娅（阿波罗的女祭司）
阿波罗
奥瑞斯忒斯
克鲁泰墨斯特拉（的阴魂）
歌队（由复仇精灵组成）
雅典娜
第二歌队（由雅典妇女组成）
法官、信使、雅典市民（全系默角）

地点：(1) 德尔菲①，阿波罗的神庙前。
　　　(2) 雅典，雅典娜的神庙前。

普希娅
　　首先赞颂大地②的光荣，我在此开始祈祷，
　　她第一个预卜，神明中数她最早；
　　其次诵对忒弥斯，接掌母亲的工作，
　　诚如传闻所言，成为第二位卜告；

而第三位主掌,得之于相让,并非通过强暴, 5
另一位泰坦③,亦是大地的女儿,在此镇坐。
她乃福伊贝,将此职送予福伊波斯④,
作为生日的礼物,后者的名字遂以近似的发音称叫。
福伊波斯离开德洛斯⑤的险峰,它的湖泊,
登临帕拉斯⑥的岸口,船樯出入, 10
来到这片土地,在帕耳那索斯的家居落脚。
出于强烈的尊崇,赫法伊斯托斯的孩子们⑦
陪送他来到,一批筑路的能手,
制伏山野,改造旧时的荒漠。
他的临来备受人民赞褒,连同 15
德尔福斯⑧,王者,操掌国家的船舵。
宙斯给他卜占的艺术,点拨他的心窝,
使他占据位置,作为第四位先知,登临宝座。
于是,洛克希阿斯成为代言,替宙斯、他的父亲效劳。

我提及这些神明,在祈祷里先说。 20
此外,神庙前的帕拉斯拥享我的称道,
还有山林中的女仙,受我尊褒,栖住空腹的岩洞,

---

① 位于希腊中部的福基斯境内。
② 伽娅(Gaia),乌拉诺斯(天空)的妻子。
③ 天空和大地的儿女,老一辈的神祇,他(她)们的首领是克罗诺斯(宙斯的父亲)。这里的"泰坦"指福伊贝。
④ 福伊波斯意为"光明",即阿波罗。
⑤ 爱琴海中的一个小岛,阿波罗的出生地。
⑥ 即雅典娜。阿波罗由德洛斯经由雅典抵达德尔菲。
⑦ 指雅典市民。赫法伊斯托斯(神匠)的儿子厄里克索尼俄斯乃雅典的先王。
⑧ 德尔菲的先王,该地以他的名字命名。

在科鲁西亚岩坡①，鸟儿爱去，神灵在那里出没。
伯罗米俄斯②镇领这块地方，我不能忘掉，
在那个时候，他，神的形貌，率领巴库斯部众，
携带武装，厮杀潘修斯③，像把一只野兔猎套。
我呼唤普雷斯托斯④的水源，呼唤
波塞冬⑤的神通，唤求宙斯，兑现者，权威最高。
现在，我要进去预卜，置身我的专座。
愿神明祝福，让此行远超以往，
运气最好。若有赫拉斯人⑥在此，让他们
按照规矩，抽签等待，依次进入。
接受神的引导，我只根据他的旨意释告。

（女祭司入内，稍后复出）

可怕，可怕至极！——难以说诉，我已眼见，
把我从洛克希阿斯的家里赶出，使我
力气用尽，难以直立，
仅靠手劲奔跑，双腿失去知觉。
惊怕中的老妇啥也不是，不比孩童强些。

刚才，我走向神庙的里面，堆满花叶，

---

① 帕耳那索斯山上的一个岩洞，潘神和山林水泽女神的"圣地"。
② "响雷者"，指狄俄尼索斯（即巴库斯），和阿波罗一起镇控德尔菲。
③ 忒拜国王，由于阻挡巴库斯的推进，被后者的随从（一批疯狂的女子）厮杀。
④ 德尔菲附近的一条河流。
⑤ 宙斯的兄弟，主管海洋，"裂地之神"，据传乃德尔福斯的父亲。
⑥ 即希腊人。

眼见地中石[①]上有一人影,被神灵　　　　　　　　　　40
鄙弃,在祈援者的位置喘息,
血珠从双手滴下,顺淌新近拔出的利剑,
握着一根枝条,砍自橄榄树的顶尖[②],
用一簇羊毛围卷,硕大的皮面,闪亮、
洁白。我可以说清,至少,关于这些。　　　　　　　　45

斜躺他的身前,一群形貌
怪诞的妇女在凳椅上酣睡。
不,她们不是女人,我想称之为戈耳工[③]——
但这也不甚确切,她们不像戈耳工的体形。
我曾见过一些生灵[④],涂在画面,　　　　　　　　　50
它们抢夺菲纽斯[⑤]的盛宴,只是没有
翅膀,依我所见,颜色乌黑,绝对讨厌。
她们鼾声隆隆,气息喷喘,让人不寒而栗,
双眼挤出分泌,臭气熏天,还有那
一身身衣衫,不宜在神像前着穿,　　　　　　　　　55
亦会在凡人的家院里招嫌。
我从未见过这样的部族,拥有这批精怪,
亦不知何片土地把她们生养,可以自豪地
宣称产时没有流泪,不曾受剧痛的熬煎。

---

① 喻指大地的中心(另参考《七勇攻忒拜》747,索福克勒斯《俄狄浦斯王》480)。
② 参见《奠酒人》1034–1035,《祈援女》21–22。
③ 蛇发女怪,参考《被绑的普罗米修斯》第799行注。
④ 指鸟身女妖。
⑤ 色雷斯国王,双目失明。

奥瑞斯提亚 | 163

60　　　结果怎样，让房居的主宰操办，他乃
　　　　洛克希阿斯·阿波罗，十分强健，
　　　　用神术医治顽疾，善能卜释兆迹，
　　　　亦司清涤民居，净洁别人的家院。

　　　　（女祭司下。庙门敞开，奥瑞斯忒斯置身中石，周围
　　　　躺着熟睡的复仇精灵，阿波罗和赫耳墨斯挺胸站立）

阿波罗

　　　　我不会把你丢下，不会。作为你的护佑，
65　　　直到事情终结，站在你的身边，或在远方
　　　　显示神威，我不会对你的敌人恭俭。
　　　　看看这些东西，被我逮着，催镇入眠，
　　　　不要脸的女子，实在讨厌，一群年迈的
　　　　小孩[①]，头发苍白，凡人、神明，
70　　　就连野兽也不会把她们抱入怀间。
　　　　她们的出生为了邪恶的目的，因为
　　　　她们蜗居地下，伴随酷劣的阴暗，将泰塔罗斯[②]
　　　　　作为家院，
　　　　凡人厌恨，还有俄林波斯的神仙。
　　　　尽管如此，你要逃离她们，不要惧畏。
75　　　她们会紧追后面，当你跑过旷野，
　　　　脚踏泥尘，不能稍停，
　　　　漂洋过海，穿走城市，它们经受浪水的冲击。

---

① 参见本剧 1034。比较《被绑的普罗米修斯》794。
② 地层下的深穴。

别想劳累，你要咬紧牙关，坚强有力，
直至抵达帕拉斯的墙基，
跪下，伸展双臂，抱住古老的塑像，一位神祇①。　　80
在那儿，有人会判审你的案例，
通过话语，它的迷人的神奇，
你将挣脱痛苦，与之彻底分离。
是我让你下手，夺杀娘亲的性命。

奥瑞斯忒斯

王者，阿波罗，你知道正义可贵，你知道　　85
不能错恶；眼下，亦该知不可漠不关心。
你有力量行善，对此谁也不会怀疑。

阿波罗

记住，别让恐惧捆缚你的心灵。
你，赫耳墨斯，我的兄弟，共有一位父亲②，
关照他的行动，实践名字的含义，　　90
导者，那是你的称谓，引着我的祈援人，小心牧领——
宙斯尊护流浪者的权益——
让他走运，回到凡人的居地。

(阿波罗下。赫耳墨斯引奥瑞斯忒斯
退场。克鲁泰墨斯特拉的鬼魂上)

---

① 指雅典娜。
② 阿波罗和赫耳墨斯的父亲均为宙斯。

奥瑞斯提亚

克鲁泰墨斯特拉

　　睡吧，睡得更香！然而，熟睡的你们怎么帮忙？
95　你们的作为使我蒙受屈辱，在死者中
　　丢脸，因为我杀了他俩，
　　在阴魂中遭受无穷的咒骂，
　　不光不彩，到处游荡。我说，你们听讲，
　　他们对我进行了最恶毒的责难。
100　此外，我遭受酷虐，在至亲的亲人手下，
　　却没有神灵为此感到义愤，
　　知我被亲人害死，被儿子活杀。
　　看看这几条伤口，在我的心坎，得之于何方？！
　　熟睡的心智长着眼睛，雪亮，
105　而凡人的命运看视不见，就着白天的昼光。

　　然而，我曾倒洒一杯杯祭奠，让你舔食，
　　无酒的浆液①，庄重的慰藉，
　　我摆开宴席，拨亮炉坛的柴火，在肃穆的黑夜，
　　那种时候，你的佳肴不被分享，不被别的神灵。
110　现在，我眼见这一切均被踏踩，
　　而他，像一只小鹿，溜之大吉，
　　蹦出你的陷阱，从它的中央，跳得
　　轻松愉快，在嘲逗你的笑声中跑开。
　　听听我的说白。此番争辩事关我的性命。
115　醒来吧，想想看，哦，地下的女神们——

---

① 由水、蜂蜜和牛奶调制而成，贡奉复仇女神（比较索福克勒斯《俄狄浦斯在克罗诺斯》101）。

这是克鲁泰墨斯特拉的怨梦，是我的求祈。

（复仇精灵扭动身躯，咕哝抱怨）

克鲁泰墨斯特拉
咕哝，尽情做去！但你们的人已经跑了，
远走高飞。他有朋友，不像我的这些。 120

（复仇精灵继续咕咕哝哝）

克鲁泰墨斯特拉
你们睡得太多，对我的痛苦无有怜悯。
奥瑞斯忒斯杀我，他的母亲，今天在此，他已逃逸。

（复仇精灵开始呻吟）

克鲁泰墨斯特拉
呻吟，睡得香甜。起来吧，好吗，赶快！
除了作恶，你们还有什么该做的事情？ 125

（复仇精灵继续呻吟）

克鲁泰墨斯特拉
昏睡，疲倦，熟练的搭档，成对，
碎解复仇的愤怒，属于母亲的蛇精。

奥瑞斯提亚 | 167

(复仇精灵［歌队］惊动，在昏睡中说道)

歌队

130 　　抓住他！抓住他！抓住他！把他拿下！

克鲁泰墨斯特拉

　　你在追猎，不过是在梦里，像一条
　　猎狗，你兴致勃勃，空叫着从后面追击。
　　你在做些什么？快起来，别在倦怠里流连，
　　睡得松松垮垮，忘记我的痛疾。
135 　　棒刺你的心灵，此举不算过激，
　　责骂是一种鞭策，在正直的心里。
　　吐喘你带血的粗气，对他喷击，
　　尽倒你肠中的怒火，使他枯萎，
　　不要松劲，重新追赶，把他化为灰烬！

(鬼魂下，复仇精灵开始苏醒)

歌队

140 　　别睡了！像我叫你一样，把她唤醒！
　　你还在梦里？站起来，让酣睡滚离。
　　让我们看看，这支开场的序曲可会徒劳无益。

(她们开始号叫)

　　唉，姐妹们，我们蒙受苦楚，　　　　　　　[前行 a

我吃够苦头,如今落个空无。
痛恼、煎熬、羞辱——　　　　　　　　　　　145
哦,难以忍受的失误!
他挣脱网罗,跑了,我们的猎物。
睡眠把我战胜,我失去了获捕。

可耻啊,宙斯的儿子,你强取豪夺!　　　[回转 a
你,神明中的小伙①,把上了年纪的长辈踩跺,　　150
尊褒一个祈援者,他把神灵亵渎,
杀害生他的亲母。
你身为神明,把弑母的罪人偷走。
谁人敢说,此举包含丁点正当的理由?

对我的责恼出现在梦中,　　　　　　　　[前行 b　155
击打,像车赛者的刺棒,
在手掌里摇动,深及肺叶,
震及心窝,真痛。我受不了
赶车人的鞭笞,凶狠超过限度,　　　　　　　　160
如此残酷、沉重。

那帮年轻的神明,这些是他们的成功,　　[回转 b
超越权益,全然不顾,进行治统,
一架宝座腥血横流,
从头至脚,碧血殷红。　　　　　　　　　　　　165

---

① 阿波罗属于希腊神族中的第四代。与之相比,复仇女神是黑夜的女
　儿,无疑要古老得多。

奥瑞斯提亚 | 169

在我眼里，大地的中石令人
惶恐，只因血污严重。

他是一位先知，却脏浊自己的庙宇，　　　　　　　[前行 c
珇污炉坛的神圣，激劝、促励此事的进程。
他破毁神明的规矩，首先考虑凡人，
践踏古来沿循的作为，权利的配分。
他可以伤我，却不能救走此人，　　　　　　　　[回转 c
后者虽可逃到地下，但绝无获释的福分。
带着恶虐，血污在身，他将感觉另一只
杀手，在脖子上头，从同一个家族出生。

（阿波罗从神庙里间走出）

阿波罗

滚出去，我说，滚出这栋房居！
快走，离开我的庙宇，预卜的圣地，
免得被迅疾的飞蛇①中的，闪亮，
从黄金铸打的弦线上射击，
让你们在剧痛中吐出乌黑、冒泡的人血，
呕倒结板的瘀块，你等曾从他们的血管吞吸。
这不是你们可待的居所，没有这个权利；
你等的去处是那判审的地方，剐砍人头，
挖出眼睛，切断喉咽，

---

① 喻指羽箭；阿波罗是弓箭之神，"远射手"。

落毁阳刚[1]，断送年轻男子的荣誉，
加上肢解人命，飞石砸击，用尖桩穿刮
脊骨，使被害者发出冗长、凄惨的呻吟！190
难道不曾听说，听说神灵憎恨的宴席？正是你们的食餐，
酷爱吞咽的东西。你们的形状、模样，
整个招致唾弃。诸如你们这样的生灵应该住在洞里，
栖躺茹毛饮血的兽狮的蜗居，而不是在谕卜的
庙殿，蹭去身上的污浊，秽毒你们的近邻！195
滚吧，一群山羊，没有牧者带领——
一帮乌合之众，神明中谁也不爱掌理。

歌队

王者阿波罗，现在该由你聆听我们的回敬。
你参与此事，不只是帮凶而已；
你操作一切，所有的错恶应该归你。200

阿波罗

此话怎讲？解说你的用意。

歌队

你要浪者弑母，你下的命令。

阿波罗

我要他替父报仇，难道没有道理？

---

[1] 据赫西俄德描述，克罗诺斯曾阉割其父乌拉诺斯，复仇精灵从后者的血滴里"诞生"（参考《神谱》181–185）。

奥瑞斯提亚 | 171

歌队

其后,你给他庇护,他的双手沾满鲜血。

阿波罗

是的,我催他来到庙居,接受净洗。

歌队

而你开口辱骂,因为我等追他到此?

阿波罗

正是。你等不该走近我的家居,此举不宜。

歌队

然而这是我们的权限,我们的使命。

阿波罗

权限?你们?奢谈你们显赫而特殊的权威?!

歌队

我们把弑母的凶手赶出他们的房居。

阿波罗

但对杀死丈夫的女人,你们怎样处置?

歌队

此类谋害不放亲血,不算杀亲。

阿波罗

你蔑视，简直是不屑一顾兑现者
赫拉和宙斯的誓契①，
通过你的言辞将库普里斯② 215
侮辱，撇在一边，尽管她给凡人的
生活带来最美的甜蜜——须知
男女间的婚联重于誓咒，受到公正的护惜。
假如你对这样的互杀仁慈，不予报复，
诉诸你的仇隙，那么，我认为你全无 220
道义支持，此番追猎奥瑞斯忒斯的行径。
我发现你对有的事情动怒，大发雷霆，
而对另一些则不加干涉，明显予以忽略。
女神雅典娜会审视辩议这一案例。

歌队

我绝不，绝不让他逃离！ 225

阿波罗

如此，你就追吧，只能为自己增添麻烦。

歌队

不要限制我的特权，用你的语言。

---

① 赫拉是宙斯的姐妹和妻子，此处象征婚姻。
② 即阿芙罗底忒，制配人间的婚姻。塞浦路斯（或库普路斯）是库普
里斯的主要"受祭"之地。

阿波罗

　　我不要你的特权，即便作为礼物，我不稀罕。

歌队

　　自然。你伟大，受到称颂，坐在宙斯的高位旁边。
230　至于我，被一位母亲催促，被她的鲜血，
　　必须猎捕此人，跟踪追击。

阿波罗

　　我要救他，对我的祈援人，我要帮忙。
　　倘若我有意疏忽，不救此人，不允乞助的祈想，
　　那么，在神人面前，他的愤怒会引起恐慌。

　　　　（众角色全下。场景移至雅典，雅典娜的神庙前。
　　　　　奥瑞斯忒斯上，求助于雅典娜的塑像）

奥瑞斯忒斯

235　雅典娜，我的女王，遵从洛克希阿斯的指令，
　　我来到你的身旁。给予你的恩典，把我收下，
　　一个流浪者，受到诅咒，不求净涤，双手已不肮脏——
　　罪孽已被磨去，不再显露锋芒，在外邦的
　　居地，在行人踏踩的路上。
240　穿走陆地，渡过汪洋，遵照
　　阿波罗的指令，他的谕言，
　　我来了，女神，临近你的身形，你的宫房，
　　在此守候，但等传示，接受审判。

（复仇女神上，嗅寻奥瑞斯忒斯，说道）

哈，好极！这小子留下蛛丝马迹，在此，十分明晰，　　245
让我们循着无声的提示，跟踪追击，
像一条猎狗，杀捕受伤的鹿崽，
我等紧逼其后，沿着他滴淌的血迹。
眼下，气流堆积，冲出肺叶，
屠人的工作耗磨我的精力，奔波在每一处陆地，
跨越大海，尽管没有羽翼，寻追此人，　　250
来到这里，比漂走的木船快捷。
我们的猎物必定在此，蜷缩在一边，
人血的腥味使我喜笑颜开。
搜寻，再找，
搜遍每一个角落，　　255
别让弑母的凶手
溜走，逃之夭夭。

（她们发现奥瑞斯忒斯）

啊，快瞧！他在此求助，
双手将不死的女神，将偶像
紧抱，请求审判，恕饶。　　260
然而，此事不易：母亲的鲜血
洒地，回收绝难做到——
血流早已渗透，在土壤里失消。

奥瑞斯提亚　｜　175

不，你必须以血还血，必须偿报！
265 从你鲜活的肢体，我将开怀痛饮，把肚皮
填饱，不在乎方式的狠毒，抽干你紫红的血膏，
让你精力消散，把你拖往地府，似死还活，
偿付母亲的痛苦，被你杀倒，
让你眼见别的凡人，出于邪恶，
270 酷对神明，错待生客，
或伤害父母，最近的亲胞，
个个受到处罚，应得的惩报。
哀地斯强健，在地府里将
凡人裁夺，他无所不见，
275 把一切铭刻在记取的心窝。

奥瑞斯忒斯

我遭受痛苦，从中得取教益，
我知晓众多形式的净洗，知晓何时说话，
何时不宜，应该保持沉寂。针对此事，
一位良师以他的睿智告诫，已对我面授机宜。
280 我手上的血迹趋于疏淡，睡入梦境，
弑母带来的污浊已被洗净。
事发之后，血迹鲜明，在福伊波斯的炉坛，
属于这位神灵，我的罪虐得到净洗，
通过奠祭。我可以说出一长串人名，
285 留我住宿，不曾遭受害疾。
亘古的时间带走随之衰老的一切。

现在，用纯净的嘴唇，虔诚的心灵，
我对雅典娜求祈，女王，你主宰这片土地，
来吧，把我救出险境。不用枪矛，无须使劲，
你会使我驯服，连同我的国土和阿耳吉维　　　　　　　290
人民，愿结坚固的联盟①，和你一起，永世不生变异。
此刻，无论是在利比亚的某地，
傍临她的故土，特里同②的流水，
准备行动，抑或，裙褶盖住脚背，
帮助她所钟爱的生民，还是在弗勒格拉③　　　　　　295
平原，像一位勇敢的统帅，双眼扫视，环顾——
求她前来！作为女神，她能听见，即使远在天边。
愿她轻释，把我救离痛苦的迫胁！

歌队

阿波罗不能救你，还有雅典娜的力气，
救不了你的毁灭，堕入地狱，遭受遗弃，　　　　　　300
寻找欢乐，却不知在心窝的哪里，
被地下的精灵抽血、吸干、榨尽，变成虚影。
怎么，你不回答，唾鄙我的话语？
你是我的贡品，我的美味已被催肥，
无须在祭坛上砍杀，活着被我吞入肚皮。　　　　　　305
静听我的歌谣，它是咒语，把你捆起。

---

① 此处论及当时的政治，即雅典与阿耳戈斯的联盟（以对抗斯巴达）。
另参考本剧 670–673。
② 湖泊，在利比亚。
③ 传说中神祇与巨魔鏖战的地方；雅典娜在此战中杀了恩克拉多斯。

奥瑞斯提亚

　　　　来吧，伙伴们，牵起双手，荡开舞姿，
　　　　展示我们的歌乐，它的神奇，
　　　　让人惊心，表述我们的
310　　　权益，如何定导凡人的生活，
　　　　他们的身家性命。
　　　　我们声称主持公道，弘扬正义[①]。
　　　　倘若有人摊手，干干净净，
　　　　我们的愤怒不会伏等他的受领，
315　　　使他过完一生，不受伤害侵袭。
　　　　不过，谁要是做下错恶，与此君一样无情，
　　　　双手肮脏，试图藏起，那么，
　　　　我们会勃然站立，见证他的恶行，
　　　　仇报洒落的鲜血，盯住
320　　　此人，穷追到底。

　　　　母亲，哦，我的黑夜母亲[②]，　　　　　　　[前行 a
　　　　你把我生养，复仇活人和
　　　　死去的魂灵——请你聆听！
　　　　莱托的儿子暴抢我的权益，
325　　　夺走猎物，从我的手心，
　　　　这小子蜷缩在此，一份合宜的祭品，
　　　　偿报母亲的死亡，净洗她的血迹。

---

① 参考《阿伽门农》第 1604 行注。作为一种威慑和必要的惩治手段，剧作家肯定了"复仇"存在的必要。
② 换言之，埃斯库罗斯认为复仇是黑夜的女儿，这一提法与赫西俄德的描述似有出入（参考本剧第 188 行注）。剧作家亦有可能沿用了当时流行的另一种（即不同于《神谱》作者）的"说法"。

就着祭物，被烈火熬煎，   [插段 a
这是我们的歌调，碎裂心肺，
充满恐惧，极度狂迷，使头脑   330
疯癫，复仇的歌曲
缠缚心智，枯萎凡人的生命，
绷断它的弦线，不用竖琴。

此乃定夺一切的命运，她为我们   [回转 a
编织的网线，永不断裂：   335
针对放胆的凡人，
动手残杀他们的至亲，
我们猎捕其后，寻索追击，
直至把凶犯逼到地下，
死了，没有太多的自由慰藉。   340

就着祭物，被烈火熬煎，   [插段 a
这是我们的歌调，碎裂心肺，
充满恐惧，极度狂迷，使头脑
疯癫，复仇的歌曲
缠缚心智，枯萎凡人的生命，   345
绷断它的弦线，不用竖琴。

我们拥有这份责权，得之于出生的那天，   [前行 b
永生的神明不能插手，也不能   350
参与，共进食餐，须知在身穿

奥瑞斯提亚 | 179

白袍的庆典,我没有份额,没有欣享的权利。

  我的绝活是颠翻家院,   [插段 b
355 当战神在里面捣蛋,
  杀死近亲,诛灭心爱。
  所以,我们追捕这个凶犯,
  使他精疲力竭,虽说身体强健,
  只因鲜红的血迹,历历犹在。

360 眼下,我们要从别者手里夺过权威, [回转 b
  心情急切。让神明不要参与我们的决断,
  他们甚至无须在法庭露面,
365 既然宙斯认为我等不配与他交谈,
  我们,一群可恨、人血滴淌的精怪。

  我的绝活是颠翻家院,   [插段 b
  当战神在里面捣蛋,
  杀死近亲,诛灭心爱。
  所以,我们追捕这个凶犯,
  使他精疲力竭,虽说身体强健,
  只因鲜红的血迹,历历犹在。

  人的自负,心比天高,全被融化, [前行 c
  落降地下,减弱,释消,
370 遭受我的击打,身披玄黑的衫袍,
  脚踏群舞的节奏,实施仇报。

是的,我从高处下跳,   [插段 c
积聚落降的力量,
弯起双腿重敲,
粉碎奔跑者的脚骨,   375
把他彻底毁掉。

他匆匆坠落,愚蠢的心智麻木,一无知晓, [回转 c
顶着浓浓的迷雾,瘟毒的深重,
传闻卷送痛苦,讲述他的家院
被昏暗的阴霾蒙罩。   380
是的,我从高处下跳,   [插段 c
积聚落降的力量,
弯起双腿重敲,
粉碎奔跑者的脚骨,
把他彻底毁掉。
一切照旧。我们强健,技艺娴熟,   [前行 d
我们拥有权威,
从不遗忘恶错①,
凡人的求愿不能说动,我们十分顽固,
执行分配的任务,受到神明唾弃,   385
菲薄,被赶离群伍,借助的
光照不是太阳,我们的工作是那崎岖的小路,
对生者,眼睛可以看见,对死者,双眼闭塞、昏糊。

---

① 复仇女神"有极好的记性"(《被绑的普罗米修斯》516),"知晓亘古"
(本剧 838,871)。

        凡人中可有谁个，不生敬畏，　　　　　　　　[回转 d

390   吓得倒退几步，当听闻
        我们的法规得到命运
        核准，受神明托付，
        必须实践，不打折扣？
        我拥有特权，尽管古朴，
395   虽然栖身地下，却并非没有居处，
        只能司掌我的职权，就着没有阳光的灰暮。

（雅典娜上，手握埃吉斯，全副武装）

雅典娜

        我从远处听到求救的呼声，
        正在那收取领地，傍着那条长河，
        阿开亚武士战斗在斯卡曼德罗斯的滩头，
400   骁勇的健儿，用枪矛夺取，给我足份的贡奉，
        一整片土地[①]，永远归我所有，连同枝叶，
        它的深根，一份精选的礼物，给塞修斯的传人[②]。
        我从那儿回来，不知疲倦的双脚驾起长风，
        没有翅膀，但凭埃吉斯[③]的推送，呼呼有声。
405   啊，我眼见一群访者，显得陌生，

---

① 可能指特洛伊地区的西格昂。据说雅典曾与慕提勒奈（位于莱斯波斯岛）就该地的占有权发生争执。
② 指雅典人。塞修斯乃雅典先王，据说是大力士赫拉克勒斯的同时代人。
③ 宙斯的（羊）皮盾牌，经常由雅典娜提用。

虽然，不会使我惧怕，但也带来
惊奇，给我的眼神。
你们是谁，我指的是你等双方，
你，陌生的客人，跪临我的塑像，
还有你们，不同于任何种族，曾经出生， 410
看来既不似神明，像我等女神，
也没有他们的形貌，类同凡人。
然而，讲说邻居的坏话，对他们发问，
要是后者无辜，则此举不算公正。访者的权益应该
　　受到敬尊。

歌队

你，宙斯的女儿[①]，听我们长话短说。 415
我们，一群可怕的孩子，由黑夜生出，
他们称我等"诅咒"[②]，在地下，我们的居所。

雅典娜

我已知晓你们的种族，你们的名字，也就是称呼。

歌队

你马上就会知道，关于我们的工作。

雅典娜

我会知晓，说得明白些——倘若。 420

[①] Dioskore，正义（参考《奠酒人》949），在此一语双关。
[②] 参考《七勇攻忒拜》70，《奠酒人》406。

歌队

　　我等把凶手赶出家门，他们把活人杀戮。

雅典娜

　　杀人者逃跑，哪里是他们的归宿？

歌队

　　那里没有"欢乐"，该词从来不用。

雅典娜

　　是他吗？是你们把他疯赶，来到庙中？

歌队

425　　正是。他杀死娘亲，认为此事该做。

雅典娜

　　出于某种被迫，还是惧怕谁个的怒火？

歌队

　　哪里有这样的刺激，能为弑母开脱？

雅典娜

　　当事的双方，只有一方的话语听过。

歌队

　　至于起誓，他自己不说，也不愿对别人的表示承诺。

雅典娜

你想被称为公正,但注重名义,而不是行动。 430

歌队

此话怎讲?可请教我——你谙熟智慧的精处。

雅典娜

誓咒不能成功,我说,无法避错。

歌队

如此,你可盘审此人,进行公正的判夺。

雅典娜

你愿将此案交我,判出结果?

歌队

当然。尊仰你的地位、出生的家族。 435

雅典娜

轮到你了,陌生的客人,回答吧,该由你说。
告诉我你的出生、遭遇,来自哪个邦国,
然后,针对她们的指责,你可进行辩护,
倘若自信于拥有的权益,使你在此下坐。
傍依我的塑像,靠近炉火,一位 440
祈援者,用伊克西昂①的方式求助。

---

① 据传为塞萨利亚人,曾害死索要(拖欠不给的)聘礼的岳父埃厄纽斯,受宙斯净洗后又试图诱奸赫拉,被宙斯打入冥府,绑在一只永转的火轮上。另见本剧第718行。

对所有这些，你要回答清楚。

奥瑞斯忒斯

　　首先，女王雅典娜，我要除去你的焦虑，
　　隐示在结尾的话语，分量不轻。
445　我不是一个祈援者，等待净洗，也并非
　　手上沾血，跪求于你的像基。
　　我会给你确凿的证据，表明这是真情。
　　法律规定血污者不许说话，哪怕只是一句，
　　直到有人采取行动，行使他的权利，
450　用一头幼畜祭祀，用牲血洗去他的孽迹。
　　我早已受过净洗，在别人家里，
　　蘸点滚动的清水，用杀倒的祭品。

　　此番解说旨在消除你的疑虑，
　　接着讲述我的身世，供你聆听。
455　我乃阿耳戈斯人氏，我的父亲——你问这个，
　　我很高兴——乃阿伽门农，舰队的统领，
　　他随你出征，随你将伊利昂荡成平地，
　　扫灭特洛伊人的居所，如今已不是城区。
　　他死了，当他回到家里，死得没有荣誉，
460　被我母亲杀害，用巧设的网罩[①]蒙起，
　　至今仍是浴澡[②]行凶的见证，她的心里乌黑。
　　我被流放，在此之前，以后返回，

[①] 参见《阿伽门农》1048，《奠酒人》998。另参考本剧 633–634。
[②] 参见《阿伽门农》1540，《奠酒人》999。

杀死生我的女人，对此我不避讳，
替父亲的屈死报仇，我爱他的心情强烈。
阿波罗与我分担此事，465
他催怂我的心灵，说是我将吃够苦头，
假如不对这些恶人有所作为。
这是我的行动，是对是错由你评定。
在你的手里，结果怎样我都愿受领。

雅典娜

此事过于重大，对任何凡人，自认为 470
可以断理。就连我也无权处置
杀人的案例，因为它磨快愤怒的刀刃——
更重要的是你，你已经经过祭仪的洗涤，
一位无罪、无害的祈援者，来到我的家里。
你对我的城市无害，我尊重你的权益。 475
然而，这些女子有自己的司管，我们不能将其撤离。
倘若无法获胜此案，
她们的愤恨会生产毒液，四处洒滴，
造成永久的灾害，瘟蚀我的土地。
于我，此事进退两难：把她们留下， 480
抑或赶开，都将有害无益。
不过，既然麻烦在此，压住我的肩臂，
我将挑选审判，处理杀人的案例，让他们
宣誓就职，建立传存千秋万代的法庭。

现在，当事的人们，招呼旁证，准备证明， 485

奥瑞斯提亚 | 187

借助誓言封固的词辩申诉案情。
我将前往挑选,精选我最好的市民,
然后回来,让他们秉公断理,
用誓咒的威力保证,法庭的评判绝不对抗正义。

(雅典娜下)

歌队

490　　这将是彻底的翻覆,推翻所有　　　　　　　[前行a
　　　既定的律条,假如
　　　他的辩护获胜,
　　　尽管错恶,把母亲杀倒。
　　　倘若让他成功,人人都可
495　　放恣,任意仿效——将来,
　　　此类事例会一次次重蹈,
　　　家长会遭受儿孙的
　　　击打,致命的重敲。

　　　我们,一群狂暴,　　　　　　　　　　　　[回转a
500　　鉴视凡人的行动,
　　　将不再对此斤斤计较——我们
　　　将放出死亡,各种形式的夭折。
　　　人们爱从别者的命运里寻找,
　　　根据邻舍的遭遇推敲,
505　　苦难即将终止,还是趋于缓和——
　　　可怜的人儿随便瞎说,

开出的药方全无愈治的疗效。

今后，谁也别再呼叫，   [前行 b
当他被灾难击捣，
别再放开嗓门哭号：   510
"哦，正义！
哦，复仇，你们置身宝座！"
一位父亲，或新遭
击打的母亲，或许会这样恳求，
发出悲苦的哀号——   515
既然正义的房居已经塌倒。

有时，惧怕是一种佳好，   [回转 b
调节心灵的活动，
作为鉴视端坐。
此举有益，   520
智慧得之于痛苦的煎熬①。
倘若不培练恐惧，在自己的心窝，
无论是个人，还是城邦，
如此，谁会
崇尚公正，对它尊褒？   525

回拒没有组织的生活，   [前行 c
回拒苟活，服从一个人的

---

① 剧作家重复了在《阿伽门农》第177行里表述的观点。注意这几段唱词对"公正"（或"正义"，即 dike=dika）的强调。

奥瑞斯提亚

　　　　霸道，
　　　　中庸可贵，神明
530　　使它永远强豪，尽管
　　　　他因事而异，根据需要。
　　　　我主张把握分寸，开口说告：
　　　　此事确切，不虔诚
　　　　生子狂傲[1]，
535　　而受人钟爱的幸福，
　　　　我们盼望，为之祈祷，
　　　　则出自心魂的健康、美好。

　　　　总而言之，我对你说，　　　　　　　　　　[回转 c
　　　　在公正的祭坛前低下头脑，
540　　不要，
　　　　不要双眼盯住进益，将它
　　　　蹬翻，用渎神的腿脚，
　　　　招致报复，难以承消。
　　　　既定的结局不可动摇。
545　　所以，让凡人记牢，
　　　　首先要敬奉双亲，
　　　　其次是善待访客，
　　　　尊重他们的权益，
　　　　满足所有的需要。

---

[1] Hubris，参考《阿伽门农》第 763 行注。Hubris 是导致毁灭（ate）的直接原因。另参考本剧第 780 行注。

谁个公正，出于自愿，并非强迫，   [前行 d 550
将不会失去幸福，不致
断子绝孙，被连根拔掉。
然而，谁要是糟践规矩，横冲直撞，
用不正当的手段聚敛，把库财越堆越高，
那么，告诉你，将来，他必定会在   555
慌乱中调降风帆，只因海船遇到风暴，
当苦涩的骇浪峰起，将桁端砸成碎屑。

他高呼救命，但被求者不会听到，   [回转 d
在水中徒劳挣扎，在浪涡里颠摇。
神明眼见心喜，高声嘲笑，   560
此君曾声称其事于他无缘，放胆炫耀，
眼下却走投无路，无力登爬长浪的峰高。
他曾有过走运的时光，
但最终船撞公正的岩石，粉碎，
沉没，不受哭祭，被人忘掉。   565

   （雅典娜上，由信使随同，领着十二名
    选好的市民判官；民众跟上）

雅典娜

信使，喊话，注意秩序，维持会场，
吹响埃特鲁利亚的喇叭，竭尽
凡人的力气，使尖厉的声音
穿刺，震荡在与会者的耳旁！

570 　　人群已聚合在这片集会的地方，
　　　　眼下应宜安静，以便让整座城市听讲，
　　　　为今后，直到永远，我所定下的规章，
　　　　同时也让当事者知晓，他们的案例会得到公正的审判。

　　　　　　　　　（喇叭声响，人物各就其位；阿波罗上）

歌队

　　　　统治你自个的领地，阿波罗，大王。
575 　　告诉我，此事与你何干？

阿波罗

　　　　我来为他做证，此君沿循习俗，
　　　　来到神的家居，祈援在我的炉坛，
　　　　我为他净涤秽污，人血的沾染。
　　　　我还来帮他打赢官司——
580 　　我负有责任，在他弑母的事上。

　　　　　　　　　　　　　　　　　　（对雅典娜）

　　　　开始吧，主持审判，你熟知规章。

雅典娜（对复仇精灵）

　　　　我宣布开庭，该由你们先讲：
　　　　审判从原告的申诉开始，程序应该
　　　　这样。说吧，说明有关的事项。

歌队

我们人多,但会从简说讲。 585

(对奥瑞斯忒斯)

这些问题,一个一个,要你顺序回答。
首先,告诉我,你是否将自己的母亲害杀?

奥瑞斯忒斯

是的,我承认,是我杀她。

歌队

三倒为胜①,一分已被我们稳拿。

奥瑞斯忒斯

说去吧,但你们的对手还不曾倒下。 590

歌队

不管怎样,你必须说清如何杀她。

奥瑞斯忒斯

回答:我割断她的喉咙,手持出鞘的利剑。

---

① 古希腊人摔跤(即在摔跤场上)以三倒(即三次扳倒对手)为胜。另参考《奠酒人》第498行注。

歌队

听了谁的劝说，谁的谋划？

奥瑞斯忒斯

听从这位神祇的谕令，他会证见。

歌队

595　是他命你弑母，是这位先知？

奥瑞斯忒斯

是的。对此番命运，我至今不想抱怨。

歌队

当判决把你逮住，你会说出别的花样。

奥瑞斯忒斯

我有信心。家父会从坟茔帮忙。

歌队

好小子，杀死母亲，如今又对尸躯寄望！

奥瑞斯忒斯

600　怎么了？她自我龌龊，双份的肮脏。

歌队

解释一下，行吗？亦对判官说讲。

奥瑞斯忒斯

她害死丈夫,因此亦即把我父亲毒杀。

歌队

死亡使她自由,而你还活在世上。

奥瑞斯忒斯

然而,在她活着的时候,你为何不追,不将她流放?

歌队

因为所杀之人和她并非一路血脉。

奥瑞斯忒斯

如此,难道母亲的血液奔流在我的血管?

歌队

不是你,杀人的罪犯,她把谁怀在腰下?
你想割断至亲的血源?——是她把你养大!

奥瑞斯忒斯

现在,阿波罗,求你见证,对我解释,
倘若我杀她无罪,行之有理。
我不否认做过此事——是我做的,这是事实。
不过,在你看来,这场血案是对,还是错了,求你
发话,由你决定。据此,我将陈述,告知法庭。

阿波罗

　　对你，拥有权威的法庭，由雅典娜确立，
615　我开口说话，凭恃正义。作为先知，我不谎欺。
　　我从来不发预示，从我的座位，
　　事关男人、女子或城邦的利益，
　　除非宙斯、俄林波斯山上的父亲有令。
　　看清它的权威，该有多么强健，此乃正义。
620　服从父亲的意志，告诉你，须知
　　即便是誓咒，是的，也没有宙斯的豪力。

歌队

　　是宙斯，按你所说，传发此番谕言，
　　要你命嘱奥瑞斯忒斯仇报，
　　杀死父亲，根本不顾母亲的权益？

阿波罗

625　这可不是同一回事情，谋杀一位王者，出身高贵，
　　手握权杖，神明的赐予，
　　且被一位女人杀死，不是用凶蛮的利箭，
　　从远处飞袭，像亚马宗女郎①惯用的器械，
　　而是被那种方式，你将会听见——哦，帕拉斯，
630　还有你们，审判这一案例，通过投票表决。

　　他从战场归返，公正的评判者认为

---

① 参考《被绑的普罗米修斯》723–730 等处。

所得大于失却。妻子笑脸相迎，待之以
洗澡的汤水——当他从浴池出来，脚踏它的边沿，
女人用织袍将丈夫蒙起，套入密连的网线，
难以挣脱，把他砍死在里面。 635

这便是那位壮士的死亡，你们已经听见，
一位英豪，在所有的凡人眼里，统领船舰[①]。
我已描述过此女的作为，以便激起你等的怒焰，
你们被选来判夺，执行赋予的权限。

歌队

宙斯更重视父亲的死难，按照你的见解， 640
然而，他自己桎梏年长的克罗诺斯[②]，
他的亲爹——这与你的说法矛盾，难道不是显而易见？

（转对法官）

我提请各位关注，证见我提及的要点。

阿波罗

你们这群脏毒的畜生，受神明愤厌！
此事可以缓救，桎梏宙斯可以打开， 645
我们有无尽的法术，可资解脱锁链。

---

① 阿伽门农统兵坐船征战特洛伊，故而是"舰队的统帅"。
② 宙斯把以克罗诺斯为代表的泰坦们打入了地下（即泰塔罗斯，参见
《被绑的普罗米修斯》221-223）。

奥瑞斯提亚 | 197

然而，当泥尘把凡人的鲜血掩盖，
当他被人杀灭，那就再也不能起来。
此事家父①不曾提供符咒，可以应验，
别的什么他都可办到，任意
调配、变幻，不费吹灰之力②。

歌队

想想这番话的含意，你在为他去除罪孽。
他溅洒母亲的鲜血，溅洒在地，
难道还能住进阿耳戈斯，他父亲的房居？
哪个公祭的炉坛他可接近？可有
哪个亲族会让他享用清水，去邪、净洁③？

阿波罗

这一点我亦会说清——听着，我的话包含深刻的道理。
母亲不是家长，虽然人们管叫她的生养，
叫他们她的孩子。她只是一位"保姆"，照料被新近
栽入的种子。真正的家长是他，是播种的那位，而女方
只是充当生客，倘若神明不使它夭折，保存另一位
　生客的种迹④。
我会举出实例，证明我的分析：
父亲的概念依然成立，即便没有母亲。

---

① 指宙斯。宙斯亦是泛指的"人和神的父亲"。
② 宙斯不仅和泰坦们一样力大无比，而且较少粗蛮，拥有智慧（参阅《祈援女》92–103；另参考赫西俄德《农作与日子》267–269）。
③ 参见《奠酒人》291–296。但奥瑞斯忒斯已受阿波罗净洗。
④ 这也许是当时流行的一种观点，很可能源自毕达哥拉斯学派。

这一位是现成的例子,俄林波斯宙斯的千金[①],
从来不曾在黑暗的子宫里受育,　　　　　　　　　　　665
然而却没有哪位女神能胎生这样的杰英。

至于我,帕拉斯,如同对待所有别的事情,
会竭己所能,增彩你的城市,你的人民。
所以,我把此人送到炉前,你的庙里,
作为你忠实的朋友,永不变心,以便　　　　　　　　670
使你把他争取,女神,战随你的身边,
为子孙后代立下契约,他的和你子民的
后代,永结盟好,不可废弃。

雅典娜

说完了吗,各位?现在,我是否可请
审判投掷表决,以诚实的态度、良苦的用心?　　　　675

歌队

我们的箭镞已经射尽,
但想把审判的结局等听。

雅典娜

为何不行?但我该如何处置,免受你等批评?

[①] 指雅典娜。大地警告宙斯,墨提斯将生育比他强健的儿子,宙斯于是吞下墨提斯(后者已孕怀宙斯的雅典娜),使雅典娜从他的头颅里出生(参阅赫西俄德《神谱》886–929)。

阿波罗

  你们已听过耳闻的一切；当你等行使表决,
  我的朋友,要把你们发过的誓咒记在心灵。

雅典娜

  现在,阿提卡①的人民,听从我的号令,
  你们将首次行使判决,对流血的行为。
  从今后,对埃勾斯②的后人,这里
  将成为判议的场所,永久的法庭。
  这里是阿瑞斯的山梁,亚马宗女子
  曾在此搭起营帐,恼恨塞修斯的作为③,
  进兵此地,全副武装,垒起高耸的塔楼,
  一座新的城堡,竟比他的城防,
  杀倒祭畜,让阿瑞斯领享,岩峰由此
  得名,叫作阿瑞斯的山冈④。在这座山上,
  市民的尊敬和亲胞联手,那是惧怕,
  阻止他们作恶,白天和黑夜一样,
  使他们不致污浊法律,做出歪邪的
  勾当。不能脏秽清水,市民们,
  否则你们会找不到饮水的地方!
  不能涣散,我的市民们,也不要让一个人称霸——
  按照我的嘱咐统治,予以弘扬,

---

① 指雅典及其周边地区。
② 雅典国王,塞修斯(见本剧 402)的父亲。
③ 塞修斯曾加盟赫拉克勒斯的远征,进击亚马宗女郎。作为报复,亚马宗女郎聚众入侵阿提卡。
④ 据传战神阿瑞斯曾在该地斩杀波塞冬之子(后者奸污了阿瑞斯的女儿),以后又在那里接受众神审判——"阿瑞斯的山冈"由此得名。

亦不要丢弃畏惧，把它整个儿扔出城邦。
凡人中谁会正直，倘若啥也不怕？
揣怀我说的恐惧，它使人沿循正义的走向，
你们会拥有一堵坚固的垣墙， 700
护卫城市，整个国家——
别处谁也没有，无论是在斯库西亚①人中，
还是在那片地方，裴洛普斯的故乡②。
我建立这个法庭，不受财欲的污脏，
庄严、肃穆，但能迅起惩罚， 705
警觉，保护人们睡觉，为国土站岗。
我说了这些，赞励我的市民，
为将来的时光。现在，你等起立，
拿着各自的投块，牢记说过的誓言，
作出决断。好了，我的话已经说完。 710

（判官起立，依次将表决投入瓮罐）

歌队

听着，我说，可别把我们这帮轻看，
我们的造访会紧压你们的国土，使它悲叹。

阿波罗

也听听我的。我命令你们心生惧畏，别让

---

① 参考《奠酒人》第162行注。
② 指（雅典的敌人）斯巴达。裴洛普斯是阿伽门农和埃吉索斯的祖父，"伯罗奔尼撒"（Peloponnesos，"裴洛斯的岛"）中保留了他的名字。

谕言作废——须知这不仅是我的，里面还有宙斯的
意念。

歌队

你尊赏血腥的行为，超越职权。
你的谕言将不再干净，玷带污染。

阿波罗

如此，我的父亲错了，在那次审理，
当第一个杀人的伊克西昂[①]向他求情，要求净洗？

歌队

说吧，说个没完！然而，倘若不能获胜此案，
我将回访这片土地，让它承受重压的负担。

阿波罗

大家不会把你们放在眼里，无论是老辈，
还是新一代的神明。我将获取胜利。

歌队

这是你的作风，在菲瑞斯[②]的家院，
你诓骗命运，让凡人逃出死难。

---

① 参见本剧第 441 行注。
② 阿德墨托斯的父亲。阿波罗曾被罚在阿德墨托斯家里仆役一年，受到主人善待，以后从命运那里讨得让阿德墨托斯不死（如果他能找到一个愿意替死的人）的恩惠，作为回报。

阿波罗

　　此举错在哪里,报答一位虔诚的 725
　　追随,尤其是在他亟须帮助的时机?

歌队

　　你使古老的女神们松口,用酒的缠绵,
　　由此破毁,将旧时的章法碎乱。

阿波罗

　　你不会打赢这场官司——很快,
　　你会喷费毒汁,却无法使敌人受害。 730

歌队

　　由于你的年轻会把我的老迈撞翻,
　　我将留在此地,听知结局,这场审判,
　　因我尚未确定,是否对这座城市释放怒焰。

雅典娜

　　此乃我的义务,作出最后的判决。
　　这是我的表决,投赞奥瑞斯忒斯无罪。 735
　　没有哪个母亲把我生养出来,
　　我支持男人,除了婚姻,在一切方面,
　　始终和父亲一起,坚定不移,全心全意。
　　所以,对于我,她的死亡不算人命关天,
　　面对妻子杀死丈夫,一家之主的案例。 740
　　奥瑞斯忒斯将以胜计,即便结果持平。

倒出瓮里的块件，法官们，赶快，
你们审理此事，接受指定。

奥瑞斯忒斯

哦，福伊波斯·阿波罗，判决将会哪般？

歌队

745　　哦，长夜，我们乌黑的母亲，你可曾看见？

奥瑞斯忒斯

这是我的结局：白天的亮光，或是绳圈。

歌队

对我们，是遭受毁灭，还是坚固已有的权限。

阿波罗

抖出表决的块件，朋友们，认真计点，
两边分开，小心些，避免错算。
750　　评判的错误会引来巨大的灾难；
一片投块，是的，修复了一整个家院。

（看过清点的结果，雅典娜宣布）

雅典娜

此人得免谋杀的指控，在此站立，
表决的结果均等，数量持平。

奥瑞斯忒斯

哦,你拯救了我的家居,哦,雅典娜!
我曾被抢夺父亲的国土,是你让我还家。 755
人们将会说话,在赫拉斯的土地上传扬:
"此人回居阿耳戈斯,住进父亲的
田庄,凭靠雅典娜的恩典,还有
阿波罗,连同定导一切的神明,那位
救主"①——他牢记家父的死亡,盯视 760
母亲的辩护,把我救下。

我即将回家,但临行之前要留下誓言,
给这里的人民,你们的国邦,
在今后漫长的日子,千秋万代,
首领中不会有人进犯,他们操掌国家的舵把, 765
不会侵犯你们的国家,用经过战火锤炼的长枪②,
须知即便躺入坟墓,我会锉阻
他们成功,用咒语迷乱军阵,
使他们倒运、惊惶,一路上
伴随凶象——让那些破践誓咒的 770
人们后悔:他们不该让军旅奔忙。
然而,对沿走正道的人们,永远尊仰帕拉斯的城防,
高举盟联的枪矛,战斗在她的身旁,
我将给予厚爱,对他们关怀有加。

---

① 指宙斯,在此继雅典娜和阿波罗之后,因此是"第三位救主"(tritou soteros,759–760;比较《阿伽门农》247)。另参考《奠酒人》1072。
② 注意这里的政治色彩。参考本剧第 290–291 行。

775　　再见了，你和你的人民，驻守城防。
　　　愿你们扳倒敌人①，把他们全都紧紧攥抓，
　　　用长枪夺取胜利，佑保平安！

（奥瑞斯忒斯下；阿波罗同时离场）

歌队

　　　不行！你们，年青一代的神明，你们践踏　　　[前行 a
　　　古时的律法，把它们从我手中抢去！
780　我被盗剥权益②，遭受痛苦，怒满胸襟，
　　　将对这片国土倾泻
　　　复仇的毒汁，致命，
　　　从我的心灵滴淌，侵伤泥地，
　　　催生毒疮、溃疡，
785　夭折儿童，枯萎树叶——
　　　哦，正义——横扫平原，
　　　让病灾灭绝人类，在大地上猖狂！
　　　我能做些什么？哦，悲叹，
　　　呻吟，被市民们嘲讥。
790　我忍受了无法忍受的事情——
　　　唉，我们，黑夜的女儿，沮丧、忧郁，
　　　被弄得灰头土脸，尽失权益！

---

① 参考本剧第589行注，另参考本剧559。
② 像荷马史诗里的英雄们一样，悲剧人物（或角色）注重time（权益、荣誉、尊严、特权等），另参考本剧792、796、807、891和894等处。Hubris（参见本剧534）常常意味着对他人权益的侵犯。

雅典娜

  听着，你们，听我的，不要悲戚、伤心。
  你们并没有被击败，表决的结果合理，   795
  票数持平。你们并不丢脸，
  只是宙斯的证见明晰，
  是他传示谕言，命嘱
  不能加害，让奥瑞斯忒斯做下这些。
  所以，息怒，罢止你们的雷霆，   800
  不要对这片国土施加愤莽的暴烈，
  也不要摧残果实，使它荒瘠，滂沱死亡的
  雨点，它的獠牙会把种子嚼进肚里。
  我答应给你们一处地点，以十分的善意，
  让你们合法占有，在一个深陷的洞底，   805
  端坐闪亮的椅上，傍临炉火，
  接受我的国民崇拜，他们的祭祀。

歌队

  不行！你们，年青一代的神明，你们践踏   [回转 a
  古时的律法，把它们从我手中抢去！
  我被盗剥权益，遭受痛苦，怒满胸襟，   810
  将对这片国土倾泻
  复仇的毒汁，致命，
  从我的心灵滴淌，侵伤泥地，
  催生毒疮、溃疡，
  夭折儿童，枯萎树叶——   815
  哦，正义——横扫平原，

　　　　让病灾灭绝人类，在大地上猖行！
　　　　我能做些什么！哦，悲叹，
　　　　呻吟，被市民们嘲讥。
820　　我忍受了无法忍受的事情——
　　　　唉，我们，黑夜的女儿，沮丧、忧郁，
　　　　被弄得灰头土脸，尽失权益！

雅典娜

　　　　不，你们未受屈辱，未曾。你等乃女神，
825　　但亦不宜暴怒过头，敝扫人间，使其
　　　　寸草不生。说这可有必要？——但我
　　　　确有宙斯支撑。我乃唯一的天神，
　　　　知晓钥匙的位置，打开存藏炸雷的密门①。
　　　　我们不要这个，对不？我劝你负起责任，
830　　别让放荡不羁的舌头自我行素，
　　　　滥说咒语，使所有结果之物伤毁，不再衍生。
　　　　摇睡乌黑的浪头，摇睡切齿的仇恨，
　　　　欣享我的荣誉、自豪，和我同住一城。
　　　　这片土地博丰，当第一批果实催生，
835　　祝福孩子，用礼仪庆贺结婚，那是你的，
　　　　永世不会变更。其时，你会说我的劝告诚真。

---

① 比较欧里庇得斯《特洛伊妇女》80–81。雅典娜软硬兼施。宙斯乃炸雷之神，曾以雷电劈击图丰。在荷马史诗里，他"汇聚乌云"，"沉雷远播"。

歌队

> 遭受此般待遇，哦，耻辱！　　　　　　　　　　［前行 b
> 我，智囊，知晓亘古，却被赶到地下，
> 随便摔丢，像一堆粪土！
> 我呼喘仇恨，喷吐愤怒。　　　　　　　　　　　　　　　840
> 哦，哦，耻辱！
> 啊，这是什么剧痛，钻进我的肋骨？
> 哦，母亲，黑夜，听我控诉！
> 他们对我不屑一顾，这些个　　　　　　　　　　　　　845
> 神明，手段残酷，
> 尽抢我古老的荣誉，利用权术！

雅典娜

> 我会忍受你的愤怒，你比我更早出生，
> 所以比起我来，你的智慧远为精深。
> 不过，宙斯给我知识，不可轻视的才能。　　　　　　850
> 倘若你离此而去，前往外邦居住，
> 我提醒你，你会改变主意，热爱这片国土。
> 时间的巨浪向前翻滚，会卷来更大的
> 光荣，给这里的人民，这座城邦。你，荣登
> 宝座，庄严肃穆，挨着厄瑞克修斯[①]的家居，　　　855
> 面对行走的群伍，男人、女子的虔诚，享领
> 他们的尊仰，多于邦外所有生民所能给出的敬奉。
> 在这块地方，我的疆土，你可不能乱丢

[①] 传说中的雅典先王。雅典卫城上的厄瑞克塞昂庙堂以他的名字命名。

　　　　磨刀的石头，刻着血痕，绞挤年轻人的心魂，
860　　使他们发疯，比烈酒的刺激更甚，
　　　　亦不要撕拨心魂，像对打斗的公鸡，
　　　　把战争的狂热注入城胞的心胸，
　　　　使我的属民自相残杀，拼死抗争。
　　　　不，让战火在外邦燃烧，尽情腾升，
865　　使贪嗜战功的人们大显身手，猎取名声。
　　　　对在家院里绞杀的"公鸡"，我不会以斗士相称。
　　　　这便是你的生活，由你接受——
　　　　从善，接受善待，受到应有的敬尊，
　　　　在这片神明钟爱的国土享领你的份额。

歌队

870　　遭受此般待遇，哦，耻辱！　　　　　　　［回转 b
　　　　我，智囊，知晓亘古，却被赶到地下，
　　　　随便摔丢，像一堆粪土！
　　　　我呼喘仇恨，喷吐愤怒。
　　　　哦，哦，耻辱！
875　　啊，这是什么剧痛，钻进我的肋骨？
　　　　哦，母亲，黑夜，听我控诉！
　　　　他们对我不屑一顾，这些个
　　　　神明，手段残酷，
880　　尽抢我古老的荣誉，利用权术！

雅典娜

　　　　我会枚举给你的厚礼，不会产生倦意，

所以你不能说，说是一位古老的神灵，
受到不敬和不友好的待遇，遭到驱赶，
被我，一位年轻的女神和我的市民。
但是，倘若你还崇仰劝说①，她使 885
我的舌尖说话甜美，产生威力，
那就请你留下，和我们一起。不过，倘若你
不想逗留，那就不要违背正义，伤毁这座城市，
爆发你的愤怒，你的怨气，对这里的人民。
这将是你的，在此拥掌尊者的份地， 890
理所当然，欣享属于你的权益。

歌队

你说它是我的，女王雅典娜，那是什么地点？

雅典娜

该地没有悲痛，没有愁戚。拿去吧，作为你的家院。

歌队

倘若真的接受，我能有什么特权？

雅典娜

家居不得兴盛，没有你的意愿。 895

---

① 参考《祈援女》1039，《阿伽门农》385。

歌队

　　此话当真?你会让我如此强健?

雅典娜

　　是的,以便昌达我们的崇仰者,昌达他们的命运。

歌队

　　你能保证,我的荣誉将及至永远?

雅典娜

　　倘若不能做到,我无须许愿。

歌队

900　你已使我回心转意,我想;我的憎恨不复存在。

雅典娜

　　如此,那就留在这儿,你会结交新的朋友,除我以外。

歌队

　　说吧,对这片土地,我该怎样祝愿?

雅典娜

　　我们的祝愿不为邪恶的胜利。
　　让祝福来自大地,来自深淼的海水,
905　来自高天,让顺柔的和风劲吹,
　　飘过田野,到处阳光明媚,

牛羊成群，物产丰富，果实累累，
使我的市民丰衣足食，永不缺匮，
确保凡人的种子传衍，不致枯萎，
对你的崇敬越高，他们的生活越美。 910
像一位园丁，照料树苗的成材，我钟爱
这些正直的人们，从不导致灾愁、损毁。
这些是你的给予；至于我，我不会
允许这座城市遭受伤害，在殊死的
战争中销声匿迹——她代表胜利，是人间的珍贵。 915

歌队

我接受新的家院，住在雅典娜身边， ［前行 a
将不会羞辱这座城市，
你和宙斯，定夺一切的神明，连同阿瑞斯，
把它当作神灵的铜墙铁壁，
展示赫拉斯神祇的光荣，护卫他们的坛祭。 920
这是我给他们的祝祈，
送去吉祥的预言，
愿太阳的光辉催产，
使大地丰饶、富庶，用灿烂的光线， 925
祝佑生活的美满、昌兴。

雅典娜

出于完全的善意，对我的市民，
这是我的断决，引入这些神灵，
强健、有力，难以慰藉，

奥瑞斯提亚 | 213

930　　　统管一切事务，凡人的作为。
　　　　谁要是不体察她们的厉害，将会挨受
　　　　生活的重击，不知它从哪里袭来，
　　　　因为前辈的恶虐会把他
935　　　拎到她们面前，任凭他高声吹擂，
　　　　在悄静中被宰，怒不可遏的
　　　　毁灭把他碾作尘埃。

歌队

　　　　我不让疾风拔树，以它的狂烈，　　　　　[回转a
　　　　此乃我的宣称，我的恩惠，
940　　　我不让烧烤的太阳焦炙植物的花蕾，
　　　　涂炭这片疆界，
　　　　不让彻骨的寒流逼近，
　　　　摧残果鲜。愿大地丰肥牛羊，
945　　　使其增殖，双倍，
　　　　在繁衍的季节。让潜隐的宝藏，
　　　　大地的孩子①，送来
　　　　神的祝福，神赐的运气②。

雅典娜

　　　　她们给了何样的祝福，我们城市的保卫，
950　　　你们可曾听见？复仇，显赫的女王，十分强健，

---

① 可能喻指雅典拥有的银矿。
② 或"赫耳墨斯的运气"，即"碰上的运气"。Hermaion 意为"出乎意料的发现"。

即便是不死的神祇，还有地下的精灵，
也知晓她们的威烈。至于对凡人，
她们的手段干净、利落，显而易见：
对一些人歌唱，对另一些人，则让生活
在泪水里流连——复仇决断，意志弥坚。　　　　　　955

歌队

此事我要咒诅，禁止杀倒　　　　　　　　[前行 b
男人，先于他们的成熟，
以便让美丽的姑娘成亲，
都能偶配小伙。
哦，答应我，你们大权在握，　　　　　　　　　960
你们，控导律法的精灵，
女神，把命运定夺，
姐妹们，和我共有一位生母，
隐现在每一个家中，
用严厉的责访扶持公正，　　　　　　　　　　　965
在任何时候。哦，我们，
何其威严，在神明中享领光荣！

雅典娜

此事令我欣喜，
听过你们的祝愿、承诺，
对我的土地。我赞慕劝说的　　　　　　　　　　970
眼睛，主导我的嘴唇，我的舌头，
当我面对她们的粗野，面对狂烈。

感谢宙斯，他定导凡人的辩议，
强健有力。我的意愿最终
975 畅贯，在争辩中夺得胜利。

歌队

这是我的祈说，绝不让内战的　　　　　　　[回转 b
响声呼吼，因为那是凡人的灾祸，
在我们的城国。不要让
国民的黑血洒落，使干燥的
980 泥土喝够①，
出于复仇的激情，
渴望血对血的还报，
让毁灭横冲直撞，像一头野兽。
不——愿他们用愉悦回报愉悦，
985 让互爱成为他们共同的享受，
愿他们万众一心，同仇敌忾——
此方可治愈许多种凡人的病痛。

雅典娜

她们不缺心计，对不？——觅得道说吉祥的
方式，已经发现和踏上路基。
990 从她们脸上的表情，催生畏惧，
我见到巨大的收益，给我的国民。
用你们的善好，回报她们的善意，

---

① 参考《阿伽门农》1188，《奠酒人》578，《七勇攻忒拜》736—737。另参考本剧第 188 行注。

敬重她们等于功褒自己,
率导你们的国土,你们的城市
沿着正确、笔直的道路前进。 995

歌队

告别了,诸位,你等将注定拥有财富。 [前行 c
告别了,市民们,
你们紧贴宙斯的宝座,
被他挚爱的姑娘钟爱,
终于学会充满睿智的判夺, 1000
在雅典娜的羽翼下接受保护,
得到父亲的厚爱,他的关注。

雅典娜

告别了,你等神灵。眼下,由我带队、指引,
率领众人,借助火把的
照明,用神圣的闪光把你送入新居。 1005
去吧,带上庄重的祭祀,
这些,前往地下,
挡开危害国家的灾虐,
致送昌顺,使她胜利。
你们,克拉诺斯①的孩子, 1010
居守城里,引导这批新来的居民。
愿市民们心存感激,

---

① Kranaos("岩石的"),传说中"岩城"(可指雅典)的创建者。

受到善待，报之以善意。

歌队

告别了，告别了，容我重复，对所有的 ［回转 c
1015 居者，住在城中，
神明、凡人，拥有
帕拉斯的城府。
尊重我的客居，在这个邦国，
你等将无可抱怨，
1020 尽享社区的生活。

雅典娜

说得好！你的话我由衷地欣赏！
借助闪光，透亮的火把，
我将送你上路，去往深深的地下，
由这些妇女陪同，她们的责任
1025 是看护我的塑像。让所有的"珍藏"[①]出来，
家住塞修斯的国邦，排起庄重的
队列，姑娘、婆姨、老妇，全都参加。
让她们穿上节日的盛装，紫红的袍衫，
增添荣光，让火把闪耀，将行程照亮，
1030 使这些善好的伴者，居住在我们的国邦，
吉显她们的存在，造福它的子孙，人丁兴旺。

---

① 直译作"眼睛"，常喻指珍贵之物。

歌队（由参加送行的妇女组成）

  回家，回家，哦，黑夜强健的姑娘，   [前行 a
  你们古老，却总是年轻[①]，在队列里领受风光。
  祝福她们，你等市民，别出声响。   1035

  在古朴的洞里，幽黑的地下，   [回转 a
  享受崇高的荣誉，人们的祭祀、敬仰——
  祝福她们，你等市民，别出声响。

  厚爱这片土地，和它一起盼想，   [前行 b 1040
  走吧，可敬的女神，就着明火跳出的
  闪光，登程上路，喜气洋洋。
  欢呼吧，市民们，会同我们的歌唱！

  接受和睦的临降，它会日久天长，和解 [回转 b
  帕拉斯的国民与新来的客户，栖居这块地方。   1045
  无所不见的宙斯和命运联合，结局方能这样。
  欢呼吧，市民们，会同我们的歌唱！

[①] 即"年迈的孩子"（比较《被绑的普罗米修斯》794："那里住着福耳基斯的女儿，古老的少女……"）。

Aeschylus
THE ORESTEIA

图书在版编目(CIP)数据

奥瑞斯提亚 /(古希腊)埃斯库罗斯著 ;陈中梅译.
上海:上海译文出版社,2024.11. -- (译文经典).
ISBN 978-7-5327-9693-9

Ⅰ. I545.32

中国国家版本馆 CIP 数据核字第 202461HX46 号

奥瑞斯提亚

[古希腊]埃斯库罗斯 著　陈中梅 译
责任编辑 / 宋玲　装帧设计 / 张志全工作室

上海译文出版社有限公司出版、发行
网址:www.yiwen.com.cn
201101　上海市闵行区号景路159弄B座
上海雅昌艺术印刷有限公司印刷

开本 787×1092　1/32　印张 7　插页 5　字数 71,000
2024年11月第1版　2024年11月第1次印刷
印数:0,001—5,000 册

ISBN 978-7-5327-9693-9
定价:58.00 元

本书版权为本社独家所有,未经本社同意不得转载、摘编或复制
如有质量问题,请与承印厂质量科联系,T:021-68798999